努力工作

努力工作

努力工作
努力工作
努力工

努力工作

獻給我爸　吳明坤先生

我媽　魏玉柳女士

我姨　魏玉桂女士

家庭
加工區廠房
TEL：（02）
88-8888
土水專家
衛生紙專賣
國語作業簿

我的

國民小學補習學校高級部
國語
臺灣書店印行

國語作業簿
(低)
國民小學
年級
學生
教師

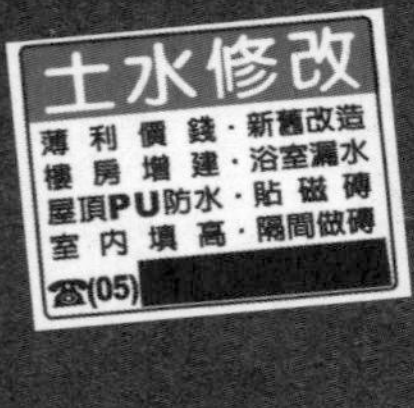
土水修改
薄利價錢．新舊改造
樓房增建．浴室漏水
屋頂PU防水．貼磁磚
室內填高．隔間做磚
☎(05)[redacted]

推薦序

月光使者家族紀事與心靈圖像

蔡素芬

數年前在一個文學獎的評審文稿中看到〈努力工作〉這篇文章，對文中在學青年努力打工，別人還在睡夢中，他即去豆漿店打工的勤勞形象留下深刻印象。看過那篇稿子後不久，我竟跟原作者億偉有緣成為同事。

他當了幾天副刊編輯後，終於忍不住問我對那篇稿子的看法，我也才得知，哦，原來你是作者，而且你知道評審是誰。我自然不能小看億偉的訊息管道了。

億偉當時還是戲劇碩士班研究生，初當編輯，自然也是發揮努力工作的本色，他虛心學習，而且希望多學一點。我從座位轉個頭可以看見他，有時他若有所思，濃黑厚實的頭髮常常留過長，幾乎要蓋住他的鏡框，我看不見他的眼神，但整個表情狀似有什麼事不太了解，他可能也觀察到我臉上對他的疑惑，有時會走過來聊兩句，有時是刻意的，煞有介事的，一付有要事商量的樣子，我會拉過一把椅子請他坐，儼然是要長談，通常這時周邊沒什麼同事，他開口就問，為什麼這個人這樣，為什麼那個事那樣？他問得慎重其事，我似乎不能答得含糊，但我能給什麼答案呢？不就是兩個人像姊弟一樣的談談生活與工作的價值觀與態度等等。人生與周邊生活真要當一回事去認真推敲，有時還真傷神呢！

而億偉卻是這麼認真的要用一本書去回顧與整理他自己及家族。從他的文字中，我想像一個青年在時光甬道中不斷回頭撿拾往日身影，想知道每一個俯身或昂揚的動作所代表的意義。

這本不斷回顧的書，以「努力工作」為啟示點，記錄成長過程中，家族如何在困境中尋找經濟上的支援，如果把這樣的紀事當成另類的家族史亦無不可，在億偉的經驗中，生活中的遷徙與變動，無一不是和工作的改變有關，而工作的不穩定造成的經濟不安影響一家人的生活重心與價值觀。這是常人的狀況，億偉想做的是誠懇寫出在經濟困境下，一個年輕人如何去看待這一切，及如何影響自己的思想。回顧的身影從容踏實。在這年輕人逐漸失去就業機會的現實環境中，或許可以很適時的，給予有同樣遭遇的年輕人，因共同經驗而得到心靈的撫慰和更坦誠面對自己的處境。

書分四卷，卷一談母親，卷二談父親，卷三是父親的事業生活，卷四則是自己的生活經驗和體會，這樣層次分明的敘述，帶領出家庭的生活圖像，和作者的心路歷程。將母親擺在卷一「女命」，可以想見年少喪母的億偉，心裡對母親無限眷戀，透過文字的追憶寄情思念，尤其億偉實地踏查母親曾工作的高雄加工區，連宿舍的外觀都要拍下來，文字不必多加渲染，就可以了解他要去感受母親的氣息；阿姨也彷彿成了母親的替身，億偉透過阿姨的口述掇拾母親身影，多少也是從阿姨那兒感受母親的存在。這是一卷女人的生命史，縱然短暫，在那所曾經歷的時代裡，刻鏤出一名女子的生活奮鬥圖像，同時也記錄了時代轉型的軌跡，重現六、七〇年代台灣社會經濟起飛時，高雄加工出口區和家庭手工業對就業市場和家庭經濟的重要影響。我也透過他的敘述，重溫年幼到年少時所見的高雄加工出口區盛況，那上下班時間如蜂湧入、如潮傾出的騎著單車的女工群，密密麻麻鋪滿道路，整個大高雄區的女性勞動人口，大多仰賴加工出口區生活，那麼共同命運般的單純而熱鬧的工作生活景觀已如塵落沒，成為一段繁盛不再的歷史。

卷二的「大屋」，擷取父親成長過程與工作輾轉的生活點滴，堆砌出一個為了養家，努力想建立起自己的事業王國，又總是時運不濟的父親形象。父親所從事的每一個行業，億偉努力尋找軌跡，深入那行業的精髓，大量介紹建屋土水工程相關知識，即使在他的成長經驗中，並沒有真正參與父親的事業，但他事後追補，拼湊出父親的行跡圖像，是人子對父親做最大努力的理解，同時也是回顧成長歷程中，家庭的經濟困窘對他心靈產生的影響。父親經歷的每一個繁華與失落，也正是他敏感心靈的刺激與傷懷。

他在卷三「軟磚頭」即深切剖析面對家庭經濟窘境時，自己排斥逃避的心態。這個心態原是那麼孤獨的與自己的靜默相處，卻在〈郭怡君〉一節中得到救贖般的發現，這世上有與他並行的人。郭怡君課業才華皆優秀，他想像她是家境富裕、給捧在掌心上教養的女孩，後來卻發現她家是他們家清潔漂白劑的供應商，她得跟著父母隨車送貨，都是辛苦人家的小孩，他在學校不張揚她家的工作狀況，他認為那是道義，也讓兩人間共存著刻意隱藏的祕密。父親多變的勞動生活早就被他認定是一件不夠穩定體面的事情，尤其結束了土水、五金、水果行生意等，父親選擇開宣傳車賣衛生紙和清潔用品，流浪般的無定時定點定額收入的行業，也使他正在成長的心靈感到沒有安全感，而排斥勞動參與。

或許是這樣的排斥，造就了寫作的億偉，父親為工程設計藍圖、為宣傳車撰寫宣傳稿的身影成為他血液裡流動的蠢蠢不安的因子，他藉寫作敘述生活經驗，不但創作小說，也以此書為散文書寫添上一筆家族勞動史的紀錄。在卷四的「美少女戰士預言」，寫作的億偉開始他的人生行程，隨著父母遷徙的倉皇中，他建立起童年王國的聲音與影像，來自卡通、電影、生活中的影像走入他的人生，在成長的過程中蘊藉為一個內在心靈可以寄託相濡的所在，他在那裡構築人生的景象，一層一層剝視觀看，反照觀省，用過往的經驗想像自己的人生，為自己目前的生活定位，用最誠摯的心靈語言述說怨嗟、自卑、慾望、感傷、固執、自嘲等等情緒，從正視自己的經濟問題擴大為對同輩們經濟態度的觀察。很少青年可以像億偉這樣正視實現，為月光族世代傾吐現實生活焦慮的心聲，在就業機會逐漸萎縮、青年求職不易的時代，億偉其實滿像青年的月光使者，魔棒一揮，送出警語——努力工作才可能改變什麼。

除了努力工作外，億偉對學業前途沒有停止努力，為了專心完成碩士論文，他離開副刊，繼而服兵役。有天回到報社來，說，要去德國念博士，因為遠行，回來看看老朋友。我第一句話就問他，爸爸同意嗎？因明白他父親獨力照顧姊弟倆，親情互為依偎，兒子遠行，父親必不捨，但也了解，前途在青年手中，難得的機會，億偉必會把握。億偉帶著父親的憂心叮嚀及友人的祝福，終於去了他過去從未想過可能去的國家，開始他的另一個遷徙，而這一次，是他自己決定的。

新的人生階段又是一場艱困的戰場，也是一場豪賭，但億偉憑著吃苦耐勞和好勝的本事，可以克服這一切。

為免成為月光族世代的一員，得努力練點法力讓自己的人生有所改變，億偉以書寫和現實中的努力，實踐磨練法力的行動。在這本凝聚各種生活元素，如磚頭般一塊塊建構出家族努力工作圖像及作者個人心靈風景的散文集，也在展示過往時代勞動社會的生活縮影，和新時代年輕人的生活與工作價值觀，兩者之間的對照，使散文集更具意義。

目錄

推薦序　月光使者家族紀事與心靈圖像／蔡素芬……5
序曲……13
卷一．女命……29
卷二．大屋……91
卷三．軟磚頭……165
卷四．美少女戰士的預言……221
後跋　好多年……291

WHISBIH

序曲

探問我爸現今的工作狀況，他沒有直接回答，卻說：

「你要好好過生活，不要一生就這樣過去了。」

不要一生就這樣過去了。

五十多歲的他這樣告訴我。

努力工作

1.

電視裡的周潤發滑著腳步，嘴不對詞地唱著廣告歌詞，一邊唱還一邊晃著。畫面接著到了修車廠、煉鋼廠及碼頭。有人正用電鑽鑽著鋼筋，尖端連續激起火花數道；碼頭的搬運臂正上下運作，貨櫃綠藍紅黃堆放一旁，許多挽起袖子、翻捲牛仔褲露出毛茸茸大腿的工人扛著紙箱穿梭其中……父親從木凳起身，改變一整個下午蝦曲的身子，伸伸懶腰，轉轉脖子，後退幾步打開抽風機，高分貝的響聲掩蓋電視的音量。廣告中原本站一旁的周潤發倏地換上白衣牛仔褲，戴了頂黃色工程帽，身後出現了許多穿著相同的勞工，大家一同拿起維士比，向鏡頭致敬，周潤發舉起大拇指，一臉燦爛的笑容，眼睛瞇成一條線，臉頰酒窩深掘。

父親坐回電視前那張木凳，兩腳伸起，彎膝踞坐，這陳年的老廣告尚未播畢，他對我喃喃，下次拜拜完，要把抽風機打開，不要讓整個客廳霧茫茫。他看了看時鐘，六點，下樓去了。

父親離開客廳後，我關上電視。當螢幕啪地閃爍成黑一片時，畫面的周潤發彷彿仍在，用那一貫的笑臉對著我。他在我胸前晃著說，你是台灣經濟奇蹟無名的英雄。呵呵，你說錯了吧，我想我爸才是那段時光的人。他準備把手伸出螢幕來，就像激勵廣告中扮演勞工的演員們一樣，要與我一同歡呼。這好久以前的廣告似乎播不完似的，同個情節和橋段，配上不同台詞，總可以無限制地重複……

無名英雄！

2.

畫面裡的演員催了眠似的不停工作。而我的父親窩在客廳的時間卻愈來愈多。這跟我的印象完全不一樣。靜謐的午後，應該正是他開著大貨車，滿載衛生紙和各式的清潔用品，穿梭在鄉村山區之間才是啊，車頂的大喇叭總是先唱出葉啟田的〈朋友〉：「今日你來牽成我，明日我來照顧你……」然後甜美清新的宣傳小姐便從錄音帶裡緩緩出聲：「來喔！來喔！便宜的衛生紙，一串才伍拾元，工廠直銷，薄利多銷為顧客……」等到有人招手示意要買，他便將車停下，充滿笑意對客人說：「吃飽了嗎？」

小時候，每次上學，非得到最後一刻，才肯離開床舖。瞥見時針才剛走到六點，一股鬱悶之氣遂襲上，動作用力起來，拖鞋敲打地板啪噠啪噠甚是擾人。父親總會出口喝止，斜揹錢袋，穿著數十年如一日的白色襯衫和深色西裝褲。模糊視線裡，兩顴特別突出，而雙頰凹陷，黝黑的皮膚在亮煜煜的日光燈下泛出油光，他已經整理好了，就連剛睡醒蓬鬆散亂的頭髮，早安安妥妥平貼於頭皮。

簡單的清粥小菜擺在桌上，父親拿起碗，扒了幾口就出門了，他說要趕在別人出門上班、到田裡之前開始叫賣。

放學返家，樓下的車庫仍不見父親的大貨車，我習慣將書包放好，洗個澡，俟母親叫喚，我和姊姊、母親各占餐桌一角，漫天說地的吃起飯來。父親呢？他還在外頭某個不知名的地方奔忙。我們習於這樣的生活節奏，吃完飯後，蓋上桌蓋，各自忙開。

九點左右，父親返家吃飯。他說要等到工作的人都下了班，生意才會好。

那是島嶼經濟急速起飛的時候，父親的車像是活動型超商，運送方便和先進。山間小村沒有便利商店，它載著電視裡早晚播送的產品到家門口，同樣的品質，卻不用昂貴的價錢，許多主婦笑呵呵。那時一切都充滿希望。整個社會如發紅的股市和抓也抓不盡的大家樂一樣，勇猛前進。蓬勃的朝氣像現在電視再度強力放送的舊廣告，周潤發拿著喝了好幾年都不會乾的維士比，不斷向大家舉杯示意。操著一口不標準的台語說：「福氣啦！」

我隨後跟著下樓，貨車在幽暗的一樓裡杳無聲息，隱約我看到另一個父親，叫我趕快來幫忙，等會他又要去賣東西了。

3.

事實上，父親下了樓，卻是往廚房走去。

從紗門向裡望去，看見父親怕油煙沾髮戴著鴨舌帽，身手伶俐地在水槽和瓦斯爐間遊走，油煙機聲隆隆，不沾鍋上靛綠菠菜被木鏟壓著。父親正把剛剛燙好的豬肉切片，等會他還要炒茄子，地上鋪著一張報紙，兩條紫澄澄的茄子，遮住一部分的求職版面。

不不不，不是這樣的，印象中父親不常進廚房。這時候他應該大聲叫醒寤寐中的我，要我下樓幫忙補貨，讓空空的貨車再滿，出門叫賣去。父親形象的錯亂，就像我已習慣了在《臥虎藏龍》裡施展輕功的周潤發之後，便怎麼也不能連結他為勞工朋友代言的形象。

父親看到外頭的我，叫我準備一下，等會要吃飯了。

這時才注意到，不同於以往，這次放假回家，很少吃到外燴。每到吃飯時間，即使人在外頭，父親也會打電話回家，詢問要吃什麼，不久就回來煮弄。一切就緒，他電話催促猶在公司的姊姊回家吃飯。彷彿一到晚餐時刻，全家都要到齊，嚐嚐他的手藝。

走進廚房，父親把剛剛料理的菜放在桌上，要我嚐嚐湯頭，已經燉很久了。那是一大鍋的刈菜，大骨溉在底部，我喝一口，味道真的不錯，我點點頭，父親一臉得意繼續煮弄。

4.

母親離開後，很多事情都不一樣了。

每天下午，燒香是例行的工作。舉起香來，向神明祖先祈願禱念，牆上母親嘴角微微笑著，雖然她的名字已寫入神主牌位，卻似乎還聽得到她在客廳的喧鬧。

國中時，有段日子，幾乎每天晚上都要召開家庭會議。久病的母親，面對自己的身體和不見好轉的經濟情形，情緒常顯不安。九點一到，八點檔結束，母親腳步沉重起來，關掉電視，跟父親談起經濟問題，慢慢，失控，口氣變重，聲音大了。父親習慣沉默，接受各種怨嗟，低頭不吶一語。我和姊姊充當和事佬，安撫母親，阻止一場場的暴風雨，每次爭執，都以做計畫收尾。

那時桌子的軟墊下，壓著父親一張張的生涯規劃，上面寫著，幾年後要回到老家做土水工，每個月可以存多少錢之類的話。這宣傳車的生意是做不久的。

眾多紛亂的夜晚與爭吵，如今已沒有任何記憶，但母親情緒平緩後常悠悠嘆息：「奇怪！你也沒有偷懶，為什麼生活就是這樣呢？」那口氣的無力及疑惑，一直令我印象深刻。

同父親吃飯時，曾聽他說起所經歷的工作辛酸史。父親十六歲就離開老家，跟村裡的工頭一同到高雄做土水工。工團裡，有許多像他一樣的年輕小伙子，都生活在臨時搭建的鐵棚子下。

結婚之後經營五金行生意失敗，舉家遷移南部。父親賣過許多東西，最後選擇最適合自己個性的工作——開宣傳車，遊走大街小巷。生活曾穩定一陣，後來，母親卻得了癌症，又被迫搬家。當時，父親載著母親就醫，而我和姊姊尚在就學，有時一天賺的還不夠掛號費。父親急了，生了許多白髮，生活費和醫藥費，像緊綁腳踝的石頭，寸步不離。

母親雖已不敵病魔離去，原本以為會稍稍鬆了一口氣的父親面對大環境的轉壞卻更無能為力，景氣的敗壞、大賣場的成立及生活水準的提升，改變人們的消費習慣。父親沒想到的是，現在就連加油站送面紙的舉動，也深深斲傷他的生意。

對於做計畫，父親總是信誓旦旦。他說，他做什麼事情都是有計畫的，如果一切照他所計畫，日子就會好過了：我們會成為鋼琴家、五金行的生意會蒸蒸日上……。但怎麼也沒想到，命運總是兀自運轉行走，我們永遠不知道下一步，只能和隱形的大手對抗。不過，再吃力的反擊，卻不敵它輕輕一揮。讓人轉了好幾個彎。

如果回到最初，猶是那群鐵棚下剛離家的小毛頭們，下工之後，有人在鐵皮牆下洗澡，有人開始揉洗滿是泥污的外衣。吃完便當，天色已暗，大家隨意拿起啤酒就乾，飽實的口袋還放著剛剛發下的日薪，抬槓，對未來漫天漫地的說著，有人賺夠了錢要回家鄉娶老婆，有人要到台北去做生意。星星亮了，五顏六色的棉被底下是發黑的襯被，大家一瓶接著一瓶乾，幻想擴張了狹隘的現實，僅有容身方寸也覺得快樂滿足。

父親還懷念嗎？

記得有天晚餐吃到一半，探問父親現今的工作狀況，他沒有直接回答，卻說：「你要好好過生活，不要一生就這樣過去了。」

不要一生就這樣過去了。

五十多歲的他這樣告訴我。

5.

自高中開始，不知怎地，沒有打工，整個人就會恍恍惚惚，不踏實。

只要看到店面徵人，就會制約般前去詢問，希望能有份工作。

我想，這跟母親一天到晚叫窮有關。自從高三在外賃居，每天精打細算大小開銷，還是覺得錢不夠，而父親的肩頭又重，到後頭，只要花錢都覺得不該，甚至連吃飯帶著罪惡感。

那時還是所謂燦爛、不識愁滋味的少年郎，朋友們上完課相約電影院、百貨公司比比皆是，但我下了課，總急忙到附近的小吃店打工，拿著點菜單，為顧客服務，其實，大多數的客人都是學生，其中有許多都是認識的朋友，他們訝異的發現我在打工，直說怎麼啦？

上了大學，這問句同樣又再同學口中複製而出，一天上完課，一位女同學神祕的把我叫出教室，還以為發生什麼事，在這青春騷動的年紀裡，如此的舉動總會令人有綺麗的遐想。結果，只見朋友一臉憐憫，雙眉下垂，試探的問我：「你怎麼了？」

「怎麼了？」我才搞不懂這句話怎麼了。

「你是不是有困難？沒關係，跟我們說，我們可以幫助你。」說完，還在我肩上重重一拍，要我別擔心似的。

這時才恍然大悟，也驚覺到自己對工作的依賴。每天早上五點，當大家還在呼呼大睡，我到早餐店打工去了，包三明治、調奶茶、送餐點……等到下班回來，室友們還在打鼾呢！中午，我又到餐廳去煮麵條、算帳，晚上，則到偏遠的山區當家教。常常一天，都是在工作和上課中度過，許多活動不能參加。朋友見我如此，竟感到緊張，而我，只覺得有點誇張，但對於工作猶然放不下手。

從來也不覺得自己「悲情」，畢竟打工的人多得是，只是原因有所不同，我通常將賺來的錢存下來，盡量不和家裡拿錢。前幾年，正是手機盛行的當口，人人瘋狂希望能有一機在手，朋友邀約購買，我直說沒錢，他卻一臉疑惑地看我：「沒錢？你打工的錢都到哪去了？」

對啊，我打工的錢呢？沒錢，早已是我的口頭禪了，不管怎樣，我都說沒錢，八十元的簡餐，太貴，沒錢。再怎麼努力打工，還是覺得身邊空蕩蕩的，而父親，是不是也是這樣，由於生活壓力，已經使我們對一切，都覺得晃蕩而不確定。

但我分明知道我所努力，是為了想確定什麼啊！

6.

每回提及曾在豆漿店打工這事，朋友們都瞪大眼睛。

回想起來，這工作給我許多有趣的回憶。早上人多的時候，上場煎蛋餅、炸油條、蒸饅頭，我遂此學會單手打蛋、五秒包煎餃的功夫。夜裡，與老闆一同磨黃豆，清豆渣，濾豆漿，拿起沉重的棉袋，將豆粉向外倒去，之後慢火熬豆漿，緩緩攪拌，等到濃淳的豆香味出來，就大功告成了。

等著豆漿滾開，只能待在狹小的廚房裡，空氣中流竄豆腥味，壁上油污厚厚一層，地面滿是黑苔。我看著外頭即將破曉的天空，什麼事都不想，讓腦子空白，享受寧靜，聽著木材的必剝燃燒聲，和偶爾的雞鳴狗吠。多年前，鐵棚底下的父親，是不是也曾享受過這樣的早晨，他人仍在熟睡，他已起身，用清水拍打臉頰，爽朗精神，然後太陽升起了，朝光望過去。那時的他，是否和我現在一樣，不由自主的發出微笑：「真好，又是新的一天。」

所有的曾經累積了記憶和生命。我和父親走在某個生命的軌道上，體驗彼此。儘管沒有在物質上有所享受，卻從過去看到生命夾縫中閃過的火花和各種切面的自己。

父親說，他喜歡流浪，於是選擇開宣傳車，以一種流浪藝人的身分，到處遊走，四海結交好友。由於待人細心，許多老爺爺奶奶，想認他做乾兒子。

「不要一生就這樣過去了……」卻一直在我腦子迴響著。

面對人生，怎樣才算過去？或其實永遠不會過去？

打開電視，又是周潤發的廣告。如老朋友似的，藉著螢幕，總不定期向我們打招呼。

嗨！

他的笑容一向甜美，與後頭的勞工朋友拿起維士比向大家致敬。

福氣啦！

我和我父親就在他面前，什麼都不想地，翹著腳，一口一口吃起飯來。

卷一・女命

這是我阿姨訴說的畫面，
當年她和我媽就是黑潮的一份子，
早上醒來，上工。
走路的當下，她張開了另一隻眼，
從天空看著每個人，那樣的壯觀，
不是因為眾多，而是單一的龐大……

機運之歌

有些事總靠機運才能了解。

若在電腦上打上一些「菜市場」地名，按下輸入鍵，可以發現在台灣有數相同地點。比方說新莊和後莊，全台找到數十個「同莊」，大到一個鄉鎮，或小到一個莊里，而每天同一個時間，有許多「新莊人」、「後莊人」這樣那樣的生活著。在海邊的新莊人，正發動船隻馬達，準備出去捕魚；而山上的新莊人，可能正開著得利卡蜿蜒著山路，熟練地穿梭大小山洞。順著這些相同地名，可以在地圖上畫出交疊不止的圈圈，就像是人的一生，來來回回走不開。

還住在高雄大寮的時候，一次過年，回嘉義拜訪同學，剛剛有了一台哈雷機車的他，邀我出去兜風。我們決定往海邊騎去，經過朴子，在一六八線道飛馳。

一六八線道是筆直的柏油路，嘉南平原一貫的景致襯托兩旁，一望無際的碧綠稻田，從道路的另一邊前望，無盡的小道如條長橋，路旁的椰子樹是倒立的橋柱，雖然頂不到天，仍可遮蓋些許陽光，四周景物不變，給人一種不知道會到哪的錯覺，茫然卻不緊張。

迎面而來的是風。當時還未規定要戴安全帽，可以盡情讓頭髮在空中胡亂飛舞，有一種拍音樂錄影帶的虛榮感，遠方的天空湛藍得清澈，我四處張望，突然看到一個熟悉的地名出現在路標上——大寮，興奮的情緒擋不住飛馳的速度，穿過了路標，回頭看去，簡單的三合院建築歪歪曲曲成一條路，只要沿著小徑，就可以進去這個「大寮」。

原來只以為是巧合，之後才知道，那竟是我媽的童年版圖。

幾十年前，有一個小女孩曾經依循我當時的目光，在三合院矮牆間的泥巴小路上奔跑。她踩過路上的牛屎與稻草，她跑過龍眼樹和榕樹，她還小什麼都不用管。布袋大寮是她的出生地，一個很淳樸的鄉下小村莊，雖然在臨海的鄉鎮，離海卻有一段距離，寬廣的平原是她的童年場景。她很野，脾氣也不好，在三姊妹當中，往往是嗆聲的角色，說起話來毫無遮攔，跟姊姊玩起遊戲，可是一點都不會讓的。她們常去路邊撿拾別人丟下的小罐子來玩踢罐子，用碎紅磚，在稻埕畫出一個小圈圈，把罐子放在中間，鬼閉眼背對門口蹲著，猜贏的選一個代表狠狠一踢，把罐子踢得老遠，趁鬼去找罐子的時候，趕緊躲起來。

傳統的三合院最適合小孩子跑來跑去，沒有門戶相隔的通廊，小孩子可以從窗戶外面偷偷窺看鬼的行動。如果鬼從東廂門進來，大家就往西邊跑去，要不，就有人跑出門外，匡啷，把罐子踢得遠遠。她通常是那個角色，一點也不含糊，使勁，讓罐子再度飛出大門，還不忘歡呼一聲。沒輒的鬼只好去追回來，她則得意的躲回屋內，其他兄妹抱以佩服的眼神。

除了踢罐子，到了燈籠節，鄉下的小孩又到了自己做玩具的時間，她和我阿姨沒有錢買店裡的燈籠，兩個人拿了一個白蘿蔔，挖空內裡自己做蘿蔔燈籠，非常陽春地插了一支蠟燭，抵不住風吹，得用手護著。蠟燭總亮不了多久，只剩畸形蘿蔔搖晃。跟她們住在一起的我阿祖，是沒有執照的接生婆，走起路來，屁股就一扭一扭，窈窕的模樣，順著小腿的曲線往下看，竟是如孩子般大小的腳掌，那小小的腳聽說已經包了好幾年，在與她同樣年紀的時候，那雙腳就沒有看過太陽了。

阿祖不跟她們一同吃飯，靠接生賺錢，自己煮自己吃。她不懂為什麼，七八個吃飯的嘴巴只能配到曬乾的地瓜，和一吃再吃的地瓜葉，但阿媽自己吃著白米飯，跟她們像是兩戶人家。不過，阿媽是疼孫的，好幾次，她看到阿媽偷偷抱著沒有吃飽的我阿姨，餵她幾口白米飯，那米飯熱騰騰，是稀奇的寶物，她嚥了嚥口水，又不敢上前討一口吃，她知道的，這是祕密的國度，阿媽和她的白米飯。

一直到四歲，一家人才離開了近水的大寮，搬到屏東市區居住。她以為這輩子就跟大寮無緣，離開時也沒有說再見。但這小女孩怎麼也沒想到幾十年後，她從嘉義、屏東、台北，一路輾轉，又搬到另一個大寮。這一待就是數年，直到她身體無法支撐過多的記憶與情緒為止。

命運的圈圈，兀自轉啊轉。

鹽田

我媽布袋老家是村莊算起來倒數第二間，走過最後一間屋子，便可以看到一整片的鹽田。鹽田在太陽底下閃著光芒，曬鹽的季節可以看到鹽伕挑著扁擔走在田埂上，兩肩草畚箕上裝有白亮的鹽粒，結晶的過程是誕生珠寶的手續，不能穿戴在身上，卻吃進每個人的胃裡。

我阿公是計算鹽量的秤重員，負責將鹽攤帶來的粗鹽秤斤，記錄，交給鹽公司。但他愛賭博，對工作馬虎，沉迷於骰子中，讓鹽攤自行經手秤鹽的事務。不誠實的鹽攤總會自己增加斤兩，在紙上多填幾斤，趁機多賺一些，這些事情後來遭人舉發，我阿公被解雇，一家人生活出問題。

撐不過去了，他只好帶著家人往屏東兄弟投靠，舉家遷移。鹽田顆粒成了眼淚的結晶，人生不小心的失足處。

燃料

我媽那一輩的女孩，童年總是短暫，一到讀書的年紀，男孩上學校，女孩去工作。先是我阿姨，八歲時就到鄰居家幫忙帶小孩，夜裡返家，我阿媽還在屏東陸橋下賣花生，她得負責照顧尚在襁褓中的小弟。

早先住在布袋，她和我媽會到海邊挑揀落下的麻黃樹枝，麻黃樹通常緊挨海灘及魚塭種植，當作防風林，黑壓壓的，耐乾旱，抗颱風，抗蟲蛀，生命力強，質地堅韌，很適合拿來當作燃料。沒麻黃樹可撿時，就到路邊收集甘蔗皮，煮飯洗澡都靠這些簡單的燃料。

搬到屏東市區後，因近車站，姊妹倆則沿著鐵軌找煤炭車掉落的煤炭，若幸運找到大塊的，一天欣喜不已，或是看好牛車走過的路徑，沿路撿起下午才「出現」的牛屎，有些經過糞蟲推滾已成一丸一丸的模樣，裡面充滿纖維，丟進去火爐，霹靂啪啦，一點即燃，相當好用。

火好不容易生起來了，趕緊將一點點的米飯下鍋煮去，飯快熟的時候趕緊舀起米湯，在我阿媽眼中已經長大的她們，少有吃米的機會，營養的米湯是用來延續希望的，女孩們一口口吹涼，餵我小舅一口口吞下。

梳頭

我阿媽在夜市賣花生賣出了口碑，也算和其他店家熟稔。一間中藥房，女主人缺人煮飯整理家務，知道家裡需要收入，請了我阿姨前去幫忙，一個月一百五，是很好的待遇。雖然中藥房離家並不遠，但因要照顧小孩，必須寄居他人家，週末才能放假。那些日子，儘管每天在市場見到自己的媽媽，母女倆卻沒法住在同一個屋簷下。

去別人家幫傭，做了所有的家務事，儼然是一個家的支柱，卻沒有碰錢的權力。雖然餐餐都要透過我阿姨的手烹調，但是菜色早已決定，女主人早上負責買菜，然後吩咐我阿姨要煮些什麼，食材該怎麼烹調，除非有朋友來，女主人才會親自下廚。平時，背上揹著小孩，一手拿著鍋鏟，柴米油鹽吸入肚，忙碌一陣，將熱騰騰的菜擺上桌，雞肉滲出光亮油汁，青菜散發豬油濃濃的香味，不過此時，我阿姨必須適時退場至一旁小桌，上面只有簡單的幾碟小菜與蘿蔔乾，幾個跟他一樣幫傭的小孩，圍在一起安靜吃飯，沒有大桌的嘻鬧歡愉。

比起不同桌吃飯，最難過的還是梳頭。我阿姨那時得幫主人的女兒梳頭，每次梳頭，她總會沒好氣的抱怨我阿姨手藝不好，哪裡梳大力了，哪裡梳壞了，髮型沒如她的意，便會大聲斥責。這女孩完全感受不到這梳頭女孩與她年紀相仿，幾次我阿姨氣了悶了，故意扯得大力，女孩哭哭啼啼跑去與女主人告狀，我阿姨又免不了一陣唸。

人生不同的際遇。這使我想到幾年前紅極一時日劇《阿信》的故事情節，小阿信小女主人之間的關係，總以為那都是連續劇罷了，沒想到卻離自己很近。

四色牌

我媽年輕時個性烈，與人起了衝突，下手總狠，完全不留情面。有一回與我阿姨吵得凶，她竟沿著附近火車鐵軌，一路追著我阿姨打罵，還拾起地上的石頭丟去。我阿姨沒命地閃進小巷子，不知道的人還以為是什麼冤家尋仇，完全想不到她們是姊妹。

我媽什麼也不忌諱，什麼也不怕，附近遊蕩的太保太妹，其他人總是近而遠之，但我媽卻不在意，還主動過去與他們打交道，稱兄道弟攀關係。這些人在街頭賭博，玩撿紅點，我媽也會插上一腳，我阿姨看不過去，常叨唸幾句，但我媽總當耳邊風，不理不睬。她個性浮躁，但腦筋動得快，儘管沒去上學，學起東西速度卻不慢，那撲克牌紅的黑的花樣多變，我阿姨怎麼看都不懂，但我媽只需幾回，就可以加入戰局了。

愛玩的天性，抵不住花花世界的誘惑，新鮮的事情她都想嘗試，跟其他姊妹沉穩個性相差甚遠。年紀大一點，我媽也隨姊姊們出門幫傭照顧家計，到鄰近的醬油店、卡車司機家煮飯洗衣，但她總待不久，常沒幾個星期又回到家裡，準備找下一戶人家，我大姨愛揶揄她：「你一年換了二十四個頭家，回家過年還早早咧。」

除了一次幫傭的經驗例外，那回她可待了半年以上，是一位在高雄美軍俱樂部上班的鄰居，平時愛和我媽抬槓，感情很好，每每聊到高雄大城市的繁華與新奇，我媽兩眼總忍不住發光，一臉欣羨，後來鄰居跟我阿媽表示需要一個女傭幫忙打掃，便帶我媽去高雄了。

現在想來，我媽確實大膽，誰知這一去，會不會被賣掉淪為酒家女，但屏東老家就是鎖不住她，一心想往外飛，去大城市看看，誰也擋不住。女郎租了一幢苓雅區的公寓，我媽每天的工作不外乎煮飯打掃，但和女郎同住並不太像幫傭，更近似於一種老鄉相陪的情誼，兩個人可以一起睡到中午，等家務處理告一段落，女郎還會帶我媽進美軍俱樂部裡玩，這可是一般幫傭幾乎不可能有的特別待遇。

美軍俱樂部並非誰都能進去，一處高級與下流相互融合的所在。當時台灣人對外國人總有分敬畏之心，他們可是千里迢迢來這兒保護台灣的啊。這種接待外國人的女郎台語稱做「麻仔」，賺食查某身分雖受歧視，但總夢想來去的大兵們，只要有一個，願意帶她們飛到遙遠的美國天堂，就能從此翻身了。我媽弔詭地夾在這兩種階層之中，自在進出俱樂部，美國大兵與女郎視她為小孩呵護，又不沾染任何情色的成分。這裡是花花世界的縮小版，每個人來俱樂部的目的就是為了求歡取樂，通宵達旦也無妨。我媽無法自制，隨波逐流，喝酒、猜拳、玩牌，

我媽年輕時拍照，神情總像叛逆少女。

在愛河旁的美軍俱樂部，如今已改為公共建築物。

儘管有語言隔閡，猶然樂在其中。搭起牌桌，女郎示意我媽隨坐一旁，準備教她怎麼玩四色牌，「紅色和黃色的帥仕相俥馬炮兵各四張，白色和綠色的將士象車馬包卒也各四張，各顏色除了兵卒以外，不能混合搭配，分有胡牌、碰牌，跟麻將有一點像……」她認真聽著，一句句記在腦子，這個花花世界，她打出一張牌，她心不定，她吃下一張牌，她雖然只會煮飯和打掃，她碰了，她也要到處去看看，她胡了，每個人都對她笑，小妹妹你很厲害喔。

這女郎後來達成了心願，跟一個美國大兵飛走了，我媽因此回到屏東，再度降落熟悉的鄉下。如今美軍俱樂部已不存在，聽著我阿姨訴說種種曾經之時，我媽也已飛到另一處更遠的所在，誰也無法從她口中知道細節本身，這些事情就像一則傳說，畢竟當我認識她的時候，她已經是個媽媽的形象，口口聲聲叮嚀我們不要學賭博、玩麻將。然而，就在整理她最後行李的時候，卻在房裡意外發現了一袋四色牌，黑色方框加上拉長的雙頭象棋文字，詭異的形象，彷彿是什麼扭曲的空間；穿越，或許就能翻轉現實，讓所有隱藏的祕密，透過時間，再一次播放那興高采烈的聲音，對著我，如同對著姊妹們，炫燿美軍俱樂部裡的美好與歡愉，那一趟短暫的飛行旅程。

童話

一則變形的童話，十二歲的女孩與火車。

畫面淡出。

她坐在一個陌生女子旁，從屏東啟程，搭上南下藍色普通號列車，靠窗的位置離風景最近，她趴在窗台上讓風拂過臉頰，眼簾交錯映上陌生的樓房與田地，一場遠行，但絲毫不愜意。火車往前，坑巃坑巃，不知道潮州長怎樣，她身邊的女子要她不要擔心，沉沉睡去了。火車發動的當下，就發現自己對鐵路旁那租來的木板屋想念得深，兄弟姊妹同擠一張床，火車經過時還會隆隆震動。剛剛經過我們家了嗎？念頭一閃，家卻遠遠拋在後，現在要去另一個人的家，坑巃坑巃，他們是怎麼樣的人，會不會對我不好……

小女孩腦子不停思索，成了《糖果屋》裡沿路丟的麵包屑的主角，怕忘了來時路，她不懂字，不知道沿途經過的站名為何，她拿出包袱裡的筆，偷偷的在掌心畫上記號，經過一個車站，火車停歇，她就在手上畫上一筆，再一個，畫上一筆，眼睛睜得圓大，不敢睡著，深怕錯過任何一站，這些記號提醒她木板屋與潮州相隔幾站，複習著回家的路。

只是轉眼的事，與女孩的媽媽同在夜市賣東西的朋友，說親戚需要一個看顧嬰兒的女孩，沒幾天，她就收拾簡單的行李到了這個全然陌生的地方，看顧人家是開醫生館的，房子格局寬敞，中有天井，分隔兩區，前面是診療所，不能逾矩之處，後面是生活空間，有廚房客廳，樓上是醫生一家人的房間，環境優渥。

醫生很少出現，除了吃飯之外，彷彿永遠都在前廳診著看不完的病人，只有一個煮飯婆，四十多歲，深色薄襯衫更顯身材清瘦，常與她聊天，說著自己也是歹命人，從小幫人看小孩，到現在老了還要幫人煮飯，兩人圍成一桌，不能與主人同菜同食，在廚房一角，屈著身子吃飯。煮飯婆住在附近，忙完一天總能回家休息，她則要等到夜晚十點歇業後，醫生娘才會將小孩抱去。她洗澡，順便洗了自己的衣服，此時樓下都沒人了，一片漆黑，陰森森，快步從浴室躲回廚房旁的傭人房，四個榻榻米大，仿日式格局木板隔間，沒有窗戶，密閉的空間教人害怕，不能呼救，只能閉眼要自己快睡。

帶她來的女子是這家人的親戚，剛開始醫師娘還算客氣，她的工作只需要背著家裡的小嬰兒，換尿布，餵牛奶，過了一陣子親戚回屏東，面容秀氣婉約的醫師娘竟變了臉，對女孩的口氣盡是不悅，頤指氣使，小女孩受了氣，又想家，醫師娘不當她是小女孩而是一個低下的僕人，她不喜歡這樣，沒有王子的《灰姑娘》，總得靠自己找到金履鞋，那是謄抄在紙上的記號，盤算回家的一天。

一日下午，嬰兒睡著了，她悄悄從後門外出，向人問路走到車站，沒有錢坐火車，沿著欄柵，找到一處破損，挨著身子鑽入，四下無人，趕緊往月台跑，等候相同的普通號，藍色鐵皮的火車入站，上車，一樣坐在窗戶旁，外頭風景雖不熟悉，但離家近了。儘管這段路程車掌不檢查車票，但總是心驚，遠遠看到車掌接近，便躲進廁所內，坑巃坑巃，聽著火車哼叫，每停一站，她就畫去一個記號，坑巃坑巃。

紙上的記號沒了，到家了。

快步下車，女孩閃躲人群，跟著軌道行走，還好家就在鐵路旁，她知道。震動的木板屋，她睡得才習慣，即使家裡再苦，也比陌生人的家好。現在她是《綠野仙蹤》的桃樂斯，延伸的鐵道像是桃樂斯回家的黃色大道，踏在石頭路上，腳步輕盈了起來。

畫面淡入。

畫面再度浮出時，十二歲的主角已經五十多歲了，她是我阿姨，懷著童話不老的氣勢，高聲的對我說，雖然知道自己窮，但也不要給別人糟蹋看不起啊。

延伸的鐵道像是桃樂斯回家的黃色大道。

樑柱上字體不見斑駁令我有些哀傷，總以為能看到什麼歷史的影像。

加工區內一排排廠房，是凌亂中的秩序。

手記一：加工區

俯視。

五〇年代的高雄，愛河猶清澈，蜿蜒入海，築起的大樓見鋼骨，一早怪手就開始繁忙，由火車站往前延伸的中山路，像一條巨大的血管，汽機車多是南下，不平衡的血液流向，到了圓環，形成洄流，繼續往前，樓房不再擁擠，右邊是海，大棚架的工廠連串成線。彎過承載貨物入高雄港鐵路，兩邊水泥牆刻出新的路貌，沒有行道樹，沙塵漫天，腳踏車陸續出現，一台，兩台，三台，終為一片，竄動的人頭畫黑了柏油路，湧向一區，區內道路方格鋪排，廠房規律分布，外圍仍是一整排的高高的圍牆，不規則的橢圓形。進區入口一分為二，黑色勢力蔓延而來，占領方格道路，然後再一一被廠房吞入。一根高聳的標柱，不動如山每日召喚黑潮人群，上頭寫著「高雄加工出口區」。

女工上班了。

這是我阿姨訴說的畫面，當年她和我媽就是黑潮的一份子，早上醒來，上工。走路的當下，她張開了另一隻眼，從天空俯瞰大地，那種壯觀，不是因為眾多，而是因為單一的龐大，人人身分相同，沒有個體，就像同時運轉的螺絲釘，走過，什麼都不會注意到。

民國五十年代，政府的經濟計畫，積極發展投資工業的環境，開展台灣工業化，農村經濟因此漸漸蕭條萎縮。勞力密集的加工出口業，是當時重大的經濟政策。民國五十五年，經濟部在高雄前鎮區設立第一個加工出口區，民國六十年陸續設置高雄楠梓加工區、台中潭子加工區，並提供優惠獎勵投資辦法，以台灣豐沛廉價勞動吸引外資來台設廠。

民國六十五年，來台投資的外資中，其中有百分之五十集中在加工區。廠商從國外進口原料，在台灣招募女工，以便宜的地租、廠房、工資，製造電子、成衣、皮革、鞋業、玩具的加工製品，外銷出口，創造台灣的經濟奇蹟。加工區遂成為台灣對外的經濟展示區。加工區內大部分女工，就像我媽及我阿姨一樣，來自農村，「重男輕女」的觀念，必須提早負責家庭經濟，投入生產。

現在的我，站在加工區門口，高速奔馳的貨車叫人提心吊膽，轉個彎還得停下觀望才敢前進，這不是什麼美麗的觀光景點，門口的警衛使我卻步，看不到人海，還好仍有這標柱，刻著不變的字樣，只是那字體不見斑駁令我有些哀傷，總以為還能看到什麼歷史的影像。

於是我閉上眼，任憑時間環繞，感受過往空氣窸窣爬上皮膚，彷彿置身陳年場景。當天空的眼睛換成我的，竟能清楚看到一對姊妹，十五、六歲，從屏東離鄉到高雄工作。剛開始，我媽先到，在左營的一家夾板工廠做事，不久，也介紹我阿姨同來。她們的工作步驟簡單，但得注意時間，放木頭在機檯上，趁擠壓器運作空檔，趕緊再放一片，使木板連結愈來愈長，這畫面如拉斯馮提爾的《在黑暗中漫舞》，儘管處在不同的國度與時空，女工的生命情節卻相互重疊，機器擠壓聲就是她們共同的配樂——

碰！碰！

規律的節奏。

她們身影不停流動，踏著新路徑往前。前鎮加工區成立之後，我媽和朋友們一同來找工作，擠在公布欄前尋著女工缺，太陽赤炎炎曬得她們雙頰發紅，臉上淌著汗珠沒時間擦拭，深怕一不小心，好的職缺就被別人撕走了。幾個姊妹七嘴八舌討論，大夥如何配合，能共同做什麼，不希望落單了誰。紙張隨風飄揚，發出聲響，風更大了，啪啪啪像急促鼓聲，一夥人趕緊往裡，循著地圖找到廠房，戰戰兢兢走入大門。

我的眼穿過雲隙，往下，工廠的招牌掛在大門一邊，接近，水泥牆上布了幾道裂痕、安全警語，及到處不能忘的愛國宣導；接近，保密防諜，再接近，人人有責，最後映入我眼簾的，是穩妥的六個大字：「國際手套公司」。

電視

我媽和我阿姨到加工區工作初始，為了省下住宿和吃飯錢，先借住我二舅家。她們每天走路到加工區，在大廠房裡，踏著裁縫機，反覆前後，沿著五個指頭縫出成品，不過我媽有時不只縫了手套，還縫了自己的手，唉唷唉唷的叫著，同事常跑來跟我阿姨說：「你家阿柳又縫到手了。」

我阿姨只是冷冷回應：「誰叫她自己要那麼晚睡。」

這不是什麼姊妹情仇的故事片段，其實我媽跟我阿姨可好得不得了，只是我媽盯著電視不放的行為，讓她的手幾次差點就成為手套的一部分了。

在我二舅家，姊妹除了有自己的房間，更好的是還有自己的電視，想怎麼看就怎麼看，當時並沒有什麼頻道可以選擇，需要做的就是守著螢幕，端出什麼菜就怎麼吃。我媽一回家，馬上就會向電視報到，一直到電視收播，唱起晚安曲，或是出現方格組成如手錶的收播圖，才肯切掉開關。

那時，台視剛成立八年，中視也才滿一歲，全省電視播映網路初初完成，開始有彩色播映，脫離黑白世界。在老家沒有電視可以看，生活的畫面就只有身邊的景物，和每天幫傭的路線，即使從二樓可以看到長長的鐵軌遠遠延伸，但總沒有機會到所謂的遠方。離家之後，有了電視，喜歡新奇事物的她，終於能藉由電視接觸整個世界。我可以想像她的興奮：平常日只能趁夜晚，七點新聞結束後，在中視鳳凰樹連續劇、玉蘭花連續劇和台視閩南語連續劇間抉擇；看完八點的電視劇，當然要看台視彩色的「群星會」，聽聽歌星唱歌自己再哼唱幾句；接下來洋人登場了，鐵馬金戈彩色影集、彩色影片原野英豪、輪椅神探影集，偶爾是放一些傳統戲曲，粵劇京劇，不過我想她可能會轉台吧！星期日可真是享受，中午開始就盯著看，中視是彩色影片飛天神俠：演的是計中計，而台視不遑多讓也推出妙妙貓卡通影集，演的是男扮女裝，緊接著是各式各樣的長片短片，類型多元，袖珍祕諜出場，法網恢恢這次要吾愛吾友，不時還會穿插一些旅遊節目，帶你上山下海，體驗人生，另外還有實用性節目，女人世界，本回要探討的是美容，要教愛美的您如何保養美白，白皙的肌膚讓人更有魅力……

不論哪一天，十一點二十分左右，螢幕黑成一片，我媽才上床睡覺，睡前仍要細細品味，反芻今天所看到的，期待明天的節目。不過，隔日第一個節目往往開始於早上六點，內容是她賴在床上起不來，我阿姨一邊煮早餐一邊大聲喊叫，她睡眼惺忪，草草吃了幾口飯，便趕著出門。兩個穿著藍色制服的女工，在殘曉曙光中往公司走去，後頭的那一個，沒幾步就大打呵欠。

或許這是我媽一種窺探未知的方式吧。我爸說，即使結婚後，她仍常提到小時候曾到外國牧師家幫傭，那牧師看我媽乖巧勤快，疼愛有加，要回國時，還打算帶她一起走。愛玩的她，當時應該也有所遲疑吧，外國是什麼樣？如果真的去了外國，日子又會變得如何？我揣想她在那些變換景物的框框中，尋找另一個自己，那些影集已不再是影集，而是另一個時空做了另一個選擇的她，透過影像畫面，傳來的最新生活實況。

教會

小時候住在鄉下，我常跑到基督長老教會外探頭探腦，裡面的小孩拿著詩歌本快樂唱歌，搭配鋼琴、鈴鼓，另一邊是小小圖書室，開放給村裡的小朋友借書。有一回被發現了，牧師從房子內招手要我進來，我嚇得拔腿就跑，回頭一看，他一臉笑容站在門口，彷彿還聽得到他分發福音單時的老話：「教會是大家的家。」

的確，許多女工來到加工區第一個家，就是教會，我媽與我阿姨也曾寄住。教會對於鄉下人來說，有一種複雜的情感，既親近又不可太親，牧師總是和藹可親講述各種神的故事，宣傳世界末日即將來到，身為人，要怎麼迎接神的到來，只有神的子民才不會下地獄等等，這些話聽得緊張，但是教會柔和氣氛平和得矛盾；不過當你下定決心要參加教會，又有一股力拉著你，從小被教育到大的傳統想法不容許受到忤逆，怎麼可以不拿香拜拜呢？家裡怎麼可以沒有神主牌桌？教會又成為一處必須遠離的禁地，在這樣忽遠忽近的距離中，教會往往只是一個暫居所，不是永居所。

相較起工廠宿舍的呆板與無聊，我媽及我阿姨雖然沒有成為基督徒，他們卻相當享受教會生活。住在教會，一個月一百二十元的房租，若要包晚餐，每月則需再繳八十元，對於當時一個月賺六百元的女工來說，尚是可以負擔的範圍，但是——便宜的房租必須要擔當義務的。

由於清晨得早起上工，晨興的儀式可以不參與，大家趕著吃早餐，連忙出門。晚上讀經的儀式可不能躲了，七點半一到，牧師和牧師娘就會敲著大家的門，一間一間喚著準備聚會了，想偷懶也沒法子；大家到聚會場地，排排坐在圓椅上，唸唸經文，詩歌分享，讓歌聲四處迴盪。在聚會後，牧師總會微笑問著大家，生活有什麼問題嗎？可以提出來。通常都是瑣事，哪裡馬桶不通、電燈壞了，牧師聽著，點點頭，保持著永遠的笑容，最後以「阿門，願主保祐大家」作為一天的結束。

週日的禮拜自然也是重點，信徒由四面八方來，聽牧師講道，分享這星期在生活中如何感應主，如何在生活中體驗主，大家相互激勵，最後唱歌並分薄餅喝葡萄酒，但像我媽和我阿姨不是基督徒，不可領食，這是專屬教徒的儀式。聖誕節時，我媽與我阿姨還會跟著去報佳音，如一場嘉年華會，夜晚時分拿著蠟燭在街上走著，雖然感覺有些突兀，但又新奇，唱著詩歌，把歡樂的氣氛傳遞出去，自己也享受到那濃濃的節慶味。

加工區的日子簡單且重複，工作時只有自己，與永不停歇的機器。我阿姨懷念起教會生活說著，「在那裡總能找到人聊聊天，感覺不寂寞。」荳蔻年華的懷春少女，總希望多說點話，好好享受青春的滋味哪。

宿舍

搬到宿舍的時候，我媽和我阿姨已到加工區工作一段時間了。

一開始他們借住的教會設備其實與軍隊相似，雖然外觀如公寓，但屋子裡放的是一整排的上下舖，可以睡上二十人，洗澡則是大浴室設備，中間一個蓄水槽，洗澡時各自帶著臉盆，把衣服放在一旁的架子上，女孩們裸裎相見，不扭捏，彼此聊著今天發生的事，舀水，順著脖頸沖下，洗去一天黏滯的汗水與疲勞。

後來工廠租下了由經濟部統一建造的樓房宿舍，外地的女工終於可以免去房租負擔。房間的空間雖小，不過只需睡五、六人，自己的空間反而多了，但不附設衣櫃，大家只好動腦筋解決，先在牆面釘上幾根鐵釘，垂掛衣架，然後測量位置，拿出大小適中的塑膠布，固定一頭，蓋上，防塵，簡單的自製衣櫥就算完工了。每人床頭一片塑膠布，各樣顏色款式，也是白漆牆面的一種點綴。樓房宿舍設備新穎，瓷磚、油漆看來閃亮，與教會大不同的是，浴室有了隔間，不再限制熱水供給時間，洗澡成為個人私密的時光，小空間充滿蓮篷頭嘩啦嘩啦聲響，沒有間歇冷意，在冬天尤其享受。

同住一幢宿舍的女工們，並非全是同間工廠的員工，經濟部為了安排女工下班生活，一樓的交誼廳每天都有活動舉辦，最主要的是技藝課程，有舞蹈課、烹飪課、插花課等，是下班後的休閒調劑。布告欄貼著活動預告，上頭的訊息蠱惑女孩訊問，畢竟這些人，有的連學校都沒有去過，學習上課，這是多麼新奇的經驗啊。當時，引來許多女孩報名，尤其是舞蹈課，瀟灑的老師帶領她們前後左右搖擺，扭腰，走步，每首曲子誘發制服底下活躍的年輕細胞，興奮又羞澀的笑語聲，迴盪在暫為舞廳的宿舍裡，沒有上課的女孩總愛圍在旁邊看，分享新奇，沾染迸發的青春喜悅。

制服

燕貞是來自萬巒的客家人，長得小小瘦瘦，臉黑，個性開朗，總愛穿一雙大木屐，在宿舍裡咖拉咖拉走著。與我媽同樣都是從屏東上來，在手套工廠裡感情不錯，平常總會三五結伴做些什麼。

一次放假，她邀約大家去萬巒玩，一群女工下了工，將制服丟在宿舍，換上漂亮便裝，坐上客運興奮極了，好吃的豬腳正等著。聊著聊著，互相一問，才發現沒人知道她家在哪，更沒有人記下電話，燕貞說要先回去準備，早坐前一班客運走了；尷尬了，你望我我望你的，車子到站，硬著頭皮下車，一群女孩呆呆站在車牌旁，前後左右都分不清。

還好其中一人還有印象，隱約記得燕貞說過她家在車牌的哪個方向，領著姊妹們東瞧西望狐疑往前走，但光一條街就有那麼多人家，只靠方向也不行，總不能家家戶戶都敲門，或沿路大喊，燕貞，你在哪裡啊。

就在此時，一個熟悉的東西在街頭飄揚，那是她們剛剛脫下的制服，藍色襯衫還繡著國際手套公司字樣，套進竹竿掛在一戶人家門口，像一把旗幟，更像一隻手，招呼大家。沒有那麼一刻，公司制服顯得那麼和藹迷人，這群國際手套公司的女孩們，什麼也不說，義無反顧地直往那制服奔去了。

手記二：自助餐

走進加工區第八休息室，矮仄平房，門外的號碼字已掉落，只剩下「休」與「息」兩字隱藏蒽鬱的大樹間，白漆粉刷的牆面，起了壁癌。紗門被重物擋住，室內占了七八條長桌，只剩一點走道的空隙，天花板很低，日光燈不夠亮，反倒是照著食物的黃色垂燈較為耀眼，但仍掩不住整間屋子的昏黃。電視新聞急躁聲環繞，大家低頭安靜吃飯。

我面前，是兩個女工彎曲的背，身著藍色工作制服，多年前，我阿姨和我媽，是不是也這邊吃過飯呢？但時間可能必須要拉到清晨，而非當下的中午時分。

加工區特殊景色，一早就開始營業的自助餐應可稱作一景。我阿姨說，在加工區，自助餐是她們解決三餐的方式，每天早上我媽和我阿姨吃完早餐，就會拿著鐵製的便當盒到店裡，挖一匙飯，隨人群排隊等著夾菜。那個年代，自己帶便當是相當省錢的，將前一夜未吃完的飯菜熱了明日再吃，既可以解決剩菜問題，也免了一餐費用。

然而，像我阿姨和我媽這樣自己買菜裝便當的人，可不能夾太多，一餐花費不超過五元，主要還是蔬菜，偶爾有一點肉就很高興，儘管還在生長的年紀，還是不能給自己奢侈的享受。

中午一到，便當從蒸箱取出，手帕盛著熱騰騰的鐵盒，離開坐了一天的裁縫機，走動雙腳，扭扭硬掉的膀子，到廠房走道、空地處，席地而坐，這可是一天下來，唯一輕鬆的時候了，裁縫車機扎聲轉變成一群十來歲少女的吱喳聲，說出來的話語也可以串成一條條線絲，只不過無法成為產品加工出口賺錢，卻是年輕記憶中，一段模糊但歡樂的時光。

裁縫車

我媽所在的手套工廠，把所有人分為A、B、C、D、E五班，每班有十來人，十來人又分成五部分，每個人有一個不變的位置。首先是裁皮，將膠皮放在模型版下，衝台機器一壓，一疊正方膠皮便成了手掌狀，接下來，是在上頭玩花樣，但這不是女工能決定的，廠長有自己的設計，給各班按圖行事；裝飾圖案花紋多樣，或是花朵，或是火箭筒，做工需細，通常都由技術好、手巧的人勝任。完成手掌，即可縫製手套雛形，順著手掌線條，如行駛山路彎曲車縫，此時手套一個個像串起的葫蘆，得交給後面的歐巴桑剪開，也順道修潤那些不甚整齊的織線，最後一關，女工們將手套翻過正面，用熨斗燙平，嶄新亮麗的手套，終見天日，穩妥妥地放在籃子中。

我媽「車」手套的技術就在那兒學會的，不過也多靠自己觀察。她一進工廠就被分配到第三部分，日復一日重複將兩片手掌縫成一只手套，我阿姨手藝較巧，坐鎮第二部分，有時廠長設計新貨，還會請她裁縫，寄給國外廠商。裁縫車位置相鄰甚近，女工如蜜蜂般努力踩著踏板，馬達嗡嗡嗡嗚叫，完成自己的部分，轉頭交給下個女工，放置另一架裁縫車上，動線運轉，一場為了生活而不休止的接力賽。

結婚後，我媽特地到鳳山五甲買的中古裁縫車，持續了這場接力賽。下課回家，總能看到客廳積了一堆堆串連未剪的手套，這就是今日的「家庭」作業，待在客廳，視若無睹，必遭我媽嘮叨，不會幫忙嗎？放假時，聽聞「機杼聲」更是心驚。面對工作，她直拗的性格展露無遺，每到一段落，就會喚我幫忙，遲了些，馬上又說我不替家裡著想，不幫忙家裡，接力賽程跑到了家裡，小孩自然也得加入賽局，再度啟動工作動線。不過有時我媽也過分了些，週末夜晚，想好好休息，她卻依舊趕織手套，轟轟機器聲讓螢幕裡演員們都啞了，但可不能跟她抱怨，不然又說我們小孩不懂得大人辛苦，只好乖乖著看著無聲電視，連自己都啞了。

其實不過是剪線翻面的動作，那時卻煩躁無比，覺得自己像機器人，剪，翻，整理，剪，翻，整理，時間變得滯怠，像牛車拖著重物。這就是加工區內時間的感覺嗎？我猜想著。腦子浮起她坐在窗邊裁縫車旁的樣子，牆腳下放了一疊疊裁好的膠布，還有紅的黃的各色線捲，有時她將線頭沾一下口水，穿過針孔，有時她咬著線頭，用手指捲起多餘的線，多數時間她不發一語，專心看著手套沿針頭織出直挺挺的線條。黃昏時，陽光曬進屋裡，她一側臉頰暈上一層黃，另一側陰影更顯得立體，每踏一下，架台上的線圈便會急速旋轉起來，又突然停住。

這都是一瞬間的事啊，然而回想起來，卻又如此緩緩地。

聯誼

我媽與我阿姨年輕的相簿中，記錄許多出遊的身影，身為女工的她們出遠門的機會並不多，通常是工廠舉辦的員工旅遊，梨山、阿里山、大學池、八卦山，每到一處，必會搶著與著名地標拍照，工廠姊妹們穿著新潮，拿著大草帽，小包包，一行人脫掉藍色單調的制服，十足的妙齡女孩。

另一種則是清澀的聯誼。在加工區，女孩們常受寂寞男孩的邀約，也許是正在念書的學生，更多是加工區的同事，與某個大方的女工搭上線之後，表示自己會帶幾個人，請她也找幾個女孩，若是看上了誰，還會再三央求指定，一定要約到手。

約定當天，就看男孩拉風耍帥，各自騎著一台野郎一二五到宿舍門口報到，通常由抽鑰匙的遊戲作為序曲，女孩抽上誰的車，這一天就跟定誰了。

抽鑰匙的遊戲上大學後我也玩過，真是各懷鬼胎的一瞬間。時間不老，她們聯誼的遊戲，成為相簿中記憶的景象。第一頁，一群人圍圈排排坐，開始自我介紹，還拍著手，笑容燦爛，下一頁，玩起「老鷹抓小雞」，男女交錯，雙手扶著前個人的腰擺，老鷹蟄伏，前衝，一定是激

我媽笑著煮食，沒有意識到快門已然按下。

這男子是誰並不重要，無限可能的祕密才能長遠留駐。

我媽與同事們的假日休閒。

動了，一排小雞身影模糊，似乎是偷偷摸摸的好時機，碰觸異性充滿禁忌的身體。

跟我經驗不同的是，我媽的相簿中，有更多女孩煮食的影像。男孩管「行」，女孩管「食」，是當時不成文的聯誼規定。前一天，女孩下了班趕緊到黃昏市場買齊食材，或醃或浸，先行處理，還得準備好需要的鍋碗瓢盆。玩完遊戲，累了，男孩利用石頭圍成簡單的爐灶，生火，女孩便開始餵養的工作，烤肉、熱湯、簡單小菜，任男孩一旁嬉鬧，逗女孩開心。

那是她們瘋狂的年代，假日不受拘束，坐上陌生的機車，將工廠拋諸腦後。讓機車加速狂飆吧，徹底打亂單調的生活節奏，再多不合音符聽來也愉悅。為了玩樂，三、四個小時的路程都能忍受，一回，一早出發，從前鎮衝到嘉義竹崎觀音瀑布，中午時分，大夥在瀑布邊石頭旁合照，水面上漂浮幾顆西瓜，剖開後冰涼解暑，然後，捲起褲管，往水裡衝，潑著粼粼發光的溪水。我媽和我阿姨，白衣牛仔褲大草帽，姊妹彼此攙扶，另一手則壓著大草帽，面對鏡頭，漾起濃濃笑意。

不過，長輩口中的聯誼總會少浪漫氣氛，我阿姨說，當然也有同事被聯誼的男孩子猛追，不過她和我媽卻從來沒有，陌生男子再帥，卻沒遇著怦然心動的，對她們來說，聯誼只是一次出遊的機會。我媽不常談述她的年輕情史，或許連我阿姨也不說，但一張張聯誼留下來的照片，卻訴說著許多可能。

這裡頭或許藏了許多祕密情事，偷偷發芽在公式般的生活背後，甚至成了重心。

我無法阻止自己不去幻想，每每看到相簿中她唯一一張與陌生男子的合照，總暗自竊笑。她的長髮遮了半面，穿著束腰長袖花襯衫及喇叭褲，三七步的站姿給人依偎男子身邊的錯覺，那男子高我媽一顆頭，長相斯文，標準的三七分邊加上格子狀襯衫高腰西裝褲，僵硬的身子看來緊張，他們站在一片綠草地上，一排樟樹外是片水湖，黑白照片的世界萬聲俱寧。仔細聽，只有年輕人的悄悄話，塗抹了色彩。

掃帚

想到我媽曾經拿著掃帚追著男人，總忍不住笑出來。

全都因為愛珠。

愛珠跟我媽都是手套工廠的員工，我阿姨的相簿中還留著一張有愛珠的大合照，相片中愛珠五官秀氣，眼角上揚的雙眼嫵媚，瓜子臉，穿著白色連身短裙，雙腿細長勻稱，與我阿姨手勾手，另一手戴著手套，還提著圓點綴飾的小提包，如模特兒腳跟緊連的V形站姿，更顯窈窕身材，高雅氣質。我大概理解了，為什麼當時有那麼多男孩都想要追愛珠，每次聯誼完回來，總是寄來一大堆情書外加猛烈的電話邀約。

合照中拿著相機的男生，是工廠副廠長，長相斯文清秀，文質彬彬，對女工們十分親切，不時噓寒問暖，休息時間，還會拿出吉他高歌一曲，女孩們圍在身邊，聽他唱民謠小曲，有時也跟著哼哼，相當愜意。他好好先生的個性和大學畢業生身分，是許多女工仰慕的對象。我阿姨說著陳年八卦，猶以一副新鮮的口吻：當時他也在愛愛珠啦！我們都知道。

女工宿舍對面是男工宿舍，心浮氣躁的小伙子，喜歡到女生宿舍鬧場，不能進來，就在門口嘻鬧，更甚者，還會丟東西上來，想製造聲響，引起女孩注意，或是學別人唱情歌，大呼小叫要心儀的女孩探出頭來看。當然愛珠常是呼喊的名字。

有一次真過分了，為了叫愛珠，幾個男孩竟然向女宿丟擲大石頭，匡啷，擊碎了某房玻璃，聲音響亮，女孩們嚇了一跳，心想這些男生也太過分了，怒從中來，打開窗戶破口大罵，底下男孩痞子樣，一點也沒有認錯的意思；脾氣上來了，幾個女孩拿起掃帚，衝下樓，準備大打出手。男孩沒想到會這樣，見掃帚出現在樓梯一刻，馬上拔腿就跑，女孩氣勢凌人，追在後頭，沿路追罵。我媽可是帶頭的那個，凶起來誰也不怕，一把大掃帚在手，一副要驅盡天下所有敗類的氣魄。男孩躲回宿舍，換女孩在樓下叫囂，一樣是我媽，聲音之宏亮可以搖撼整幢男工宿舍的玻璃，氣正火大，叫著哪一個丟石頭的，有膽就下來，不要躲到樓上去，幫腔的女孩們也趁勢補上幾句，難聽的「有××就下來，不要跑上去」的話都脫口而出了。男宿靜悄悄，毫無聲息。

打完一場勝利的仗，迎接凱旋的歡呼，我媽和女孩們像走在星光大道上，返回女生宿舍，恰北北的模樣宣示女孩也不是好惹的。我媽如此俠義的一面，我很少看到，結了婚之後她變得比較沉默畏縮，不過對我們生氣的片刻，那脾氣還是不掩，潑辣，直接，還好我不算太壞的小孩，沒讓她氣到掄起掃帚毒打，畢竟那樣的滋味，我可不想替這些男孩來嘗。

手記三：窗外

這扇窗已經三十多歲了，我坐在這裡往外看，面前是剛剛吃完的東西，沒人來收，大開口與圓形塑膠碗孤單單在桌上，連面紙都不願意露出頭來。

窗外走過不再只是女工，由於科技產業掛帥，許多西裝筆挺的科技新貴也是這扇窗外的常客，與藍衣女工交錯；加工區是時代的產物，因應時代而變化。

唯一不變的，還是這扇窗。換算時間，我媽和我阿姨必也看過這間屋子，在很年輕的時候，當這抽油煙機還是乾乾淨淨的時候，窗戶沒有永遠擦不去的一層濛霧，窗台更沒有厚到幾乎與窗戶合而為一的塵垢，彼時，白色的油漆還帶著希望朝氣，盤結的汙點尚未攀爬窗架四周，啊，窗外的榕樹還是沒長高吧，不會這樣張開枝枒的將陽光遮去，屋內不需日光燈，就能十分明亮。

從窗戶望過去，嶄新的第七職工休息室是新生的風景，撐著頭，細數從樹葉縫罅灑下的光絲，因為塵霧，即使天再藍也有一點灰，抽油煙機嗡嗡叫聲在我頭上，朋友叫了碗牛肉湯餃，咕嚕咕嚕大口嚼著誇讚好吃，我看著熱騰騰的煙往上冒，若說氤氳了一整個房子實在誇張，但卻讓我興奮異常。

流逝的時間需要不變的空間來記憶，我正試探著空間的可能，尋找曾經流動的身影與眼睛，透過這個窗外。

電線

台灣經濟發展的七〇年代，那時還是行政院長的蔣經國先生激勵所有台灣婦女同胞們：「把家裡當作小工廠，讓台灣經濟起飛！」

家庭加工蓬勃發展的時代，各式各樣的代工都會挨家挨戶送到，昇平氣象。我們家做的是摺冥紙、織手套，而我阿姨在北部，則是黏鞋跟、縫雨傘、剪線頭和穿電線，這些工作只需客廳一角，重複簡單的手工步驟。印象深刻是我阿姨穿電線模樣，一把小椅子，桌上放著一只方形的大塑膠盤，裡面有黑紅兩種電線管，黑的還分粗細兩種，另一邊是一串串的裸露銅線，岔為兩條，要將細的紅黑線管分別穿入，最後再用粗黑管將銅線合一。

手工是她生活的區塊，填補生活空檔。加工材料很小，傷眼力，她得戴起老花眼鏡，扭開一旁檯燈，對準，穿入，粗黑管鎖緊時還會發出「達」一聲。除了吃飯洗澡煮飯，她線不離手，有時打開廣播，或任電視發出聲音，低頭，聽到有趣的就兀自笑起來，許多新知都是來自這些聲音，廣播說、電視說，在雙手不變的節奏下，達，三秒後，達，還在說。

一回到我阿姨家玩，深夜醒來，發現客廳檯燈亮著，惺忪睡眼只看到運動的手指，在黑夜籠罩下巨大起來，像是聚光燈打在演員身上，每天練習的成果就要在今天的舞台表現出來，熟練的走位與台詞，完美的肢體與聲音，這戲沒有分場換景，一幕到底，不謝幕。

她曾算給我聽，電線一把大約五十支，每一支可賺兩塊錢，一天頂多只能賺上五百元，一個月萬把元，雖然不多，但可以足夠支付一般家用，剩下來的都可存起來。年紀漸長，睡眠愈不安穩，醒於深夜，我阿姨便會拿起電線做，打發時間，現在貨源少了，我問她那睡不著怎麼辦，她笑著說，只好在黑黑的客廳裡發呆哪。

作業簿

至今家裡還留著我媽上補校的課本和作業簿。作業簿上雖然寫的是我的名字，但裡面全是她的筆跡，一行一行的圈詞、造句。她是認真的學生，從補校上課回來後已過九點，還會伏在客廳的桌子上，拿著鉛筆，描刻課本上的生字，寫老師指派的作業。寫字時總不分心，她專心在筆劃的世界裡，一筆一筆寫得重，下兩頁都可見到字跡。

她的字體娟秀，一勾一勒都符合標準，方框內的位置也恰當，不常用橡皮擦，簿子上少有擦拭黑糊的痕跡。她一邊寫，一邊唸，認讀注音符號對她來說有些吃力，拼音像是繞口令，不行了，她會向我們求救，來，你來教媽媽這個怎麼唸好不好，這個字這樣寫對不對。寫完功課，她自己拿出書本來慢慢閱讀著，猜想課文的意思，老師今天上的內容。

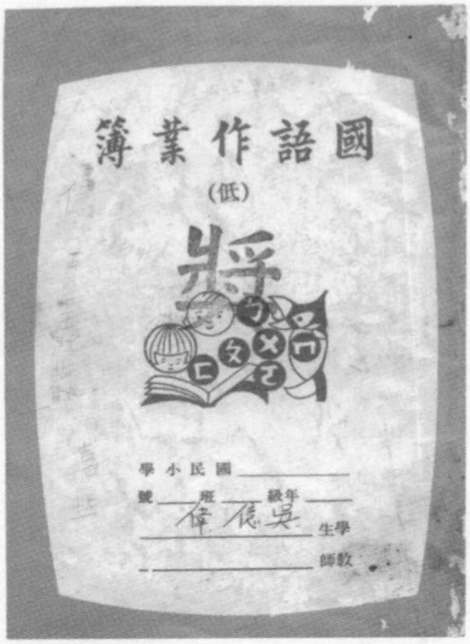

國語作業簿

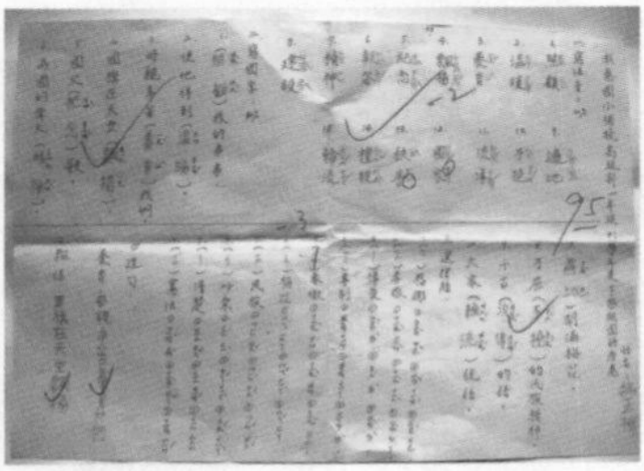

我媽的國語考卷

國語課本

國民小學補習學校初級部國語課本第一冊

音樂跟體育課本第一冊

我媽說，七歲時，她曾到學校上過課，但我阿媽認為女生不用讀書，沒給她學費，況且，當時家裡窮，也買不起課本，隔壁的同學見狀，卻一副自私，把課本遮起來，不給她看，我媽自尊心強，沒幾天就不去學校了。

跟我爸結婚後，也因識字問題起了衝突，我爸想要開五金行，但她不懂字，看不懂收據、訂貨單，不知如何簽收，要我爸把店收了，我爸難免帶著責怪情緒，他原本請我大姑介紹識字的女孩，沒想到竟是這樣，兩人常為了這事爭吵，好幾次我媽氣極了，直嚷著要回南部娘家，再也不回來。關於學習，我媽常自怨自艾，想著當初阿媽為什麼不給她讀書，不識字常被人看不起，去哪裡辦事也得請別人寫，找工作也不順利，凡事總要看人臉色。這是縈繞她心的遺憾，搬到大寮，生活穩定之後，她決定的第一件事情，就是去念補校。

看不懂字是怎樣的感覺？長大出了國，才能夠體會到，走在異國街頭，觸目所見都是陌生的文字，那些符號對我沒有任何意義，卻又息息相關，哪一家店，到哪裡怎麼走，都隱身在這些筆劃當中，我想起那些怨嘆感傷的話語，滿滿困惑與不安情緒竟也湧然而出。進補校三年後她畢業了，還以第一名的成績拿到獎狀，在畢業典禮上風風光光，成為眾人祝福的焦點，儘管這畢業證書並沒有如她想像，讓她的人生從此走上坦途，卻也了卻那個隨著她成長、從小到大未曾放棄的心願。

冥紙

我曾住過一條冥紙街，這裡的人，家裡擺上幾捆幾捆的冥紙也不覺忌諱，騎樓或是一樓牆腳，粗糙泛黃的草紙疊得比人還高，紅色的塑膠繩把紙面勒出十字痕，拿下來草紙之時，還得在手上先搓揉並拍打幾回，讓紙張恢復原有的模樣。

然後，開工。

不是道士搖鈴唸咒，也非電子花車喧鬧，更不是「五子哭墓」，演員必須敬業地一路哭天搶地自街頭爬到街尾。反倒是一陣嘻哈，那些在騎樓或一樓的媽媽們，擺好大桌，四人圍圈，一副打牌的陣勢，每人卻拿著一疊疊分好的泛黃草紙，此時你走進，媽媽們還會親切問你要不要試試？一張B4大小的紙張一半被紅磚頭壓住，另一半被整疊翻起，媽媽的手臂壓在彎曲的弧面上，右手拿著用樹皮製成的蘸器，尾端得先用剪刀細剪成鬚，沾一點面前的膠水，用鬚部輕輕黏起切製整齊的銀色錫箔，不能太用力，以免一次沾了兩張，可就浪費了。

冥紙街媽媽好眼力，熟練的將薄錫箔固定在紙面上下兩處，然後迅速搽上膠水，用手指控制，落下一頁，緊接著再重複一次，同樣的位置，兩片錫箔，搽上膠水。此時錫箔早已穩當當貼上前一張草紙上。完成一邊，再換另外一邊，媽媽熟練的手指，落下一頁，又一頁。一大疊完成了，一張草紙有四張錫箔，就等著專人送進工廠，切割。

每天坐著翻頁的工作，像讀書一樣。冥紙街的課題總是聊不完，媽媽們手動著嘴巴也不曾停過，話家常說起今天在菜市場買了幾根蔥，或是誰和誰吵架了，一天到晚笑著八卦。如果這時起了陣大風，哪家媽媽忘了捆綁完工的冥紙，一張張黃紙漫天飛舞，灑了一路冥紙，像極了電影鬼魂出現的場景，生者與死者就要開始交流……但是冥紙街的媽媽才不怕，馬上聽到有人喊著，「隔壁的，你的冥紙都飛出來啦！」然後看到一個穿著背心白褲的女人，晃著大屁股，拖鞋咱踏咱踏，追著揚起的冥紙，叫著：「麥擱飛啦！」

這畫面看起來有點像是冥紙從天而降，媽媽們笑得合不攏嘴。

冥紙街媽媽靠著生產陰界的錢來賺取陽界的生活，坐擁千萬卻不怕人來搶，每天幾捆幾捆的出入，像從事另一種印鈔業，只是送往迎來的生命輪迴，也在冥紙街媽媽熟練的技巧中愈顯快速與明白。不過，冥紙街媽媽沒想那麼多，日子單純，工作量大增對她們來說代表生活的滿足，當送貨員送來大捆大捆的冥紙時，雖然口頭說著又要加班了，但瞧瞧她們皺眉的眼神裡，卻閃著愉悅。

冥紙街媽媽是這樣想的，希望在有生的日子裡，可以天天讀著這樣的書，一頁一頁，超脫生死模糊的界線。

小孩

我阿姨曾帶過四個小孩，其中一個女孩，我們喚她歪妹，個性活潑，愛與大人頂嘴。從三歲一直到七歲上小學為止，這小孩幾乎住在我阿姨家，爸媽只在假日時候，才會來帶她一同出遊，但不回家，短暫相處後，又送回我阿姨身邊。她也喚我阿姨媽媽，雖然就相處和管教的時間來說，我阿姨的確更像媽媽，但我聽來還是不習慣，好奇著為何她的真媽媽不帶她回家，我阿姨說，這一對小夫妻在「拚錢」，二十四小時都在台北東區擺地攤，兩人輪流看顧，累的人回家睡覺，休息完了再來接班，一切辛苦都希望在歪妹上國小之前，能夠存到一筆錢。

聽了好一段時間說不出話來。

想起多年前，我媽看顧的第一個小孩的爸媽，也是這樣一對小夫妻。小孩的媽媽是補習班的櫃檯小姐，眼睛不大，看起來總像瞇著眼，常穿白色衣服，不論是連身長裙或是短衣外套。我和我姊也在那裡補習，上課前喜歡踮腳趴在櫃檯，她親切問著我們今天尹尹乖不乖，她不問，我們也會主動報告，今天在家裡，他玩了哪些玩具，發生了哪些趣事。

尹尹是孩子的小名，有一雙大眼睛圓嘟嘟的可愛男孩，笑容像媽媽，瞇起來的眼是快樂的弧線。帶小孩是母親天生的本領，泡牛奶、換尿布這事當然難不倒我媽，老神在在，小孩一哭，馬上就能知道原因安撫，那時她還有搽冥紙的工作，常到對面找鄰居，出門前，再三吩咐我留心看顧，十歲的我對上一歲的嬰兒，我抱著他四處玩耍，在家裡，在外頭，小孩沉重的屁股坐在我的前臂上，另一手扶著他的背，么子的我第一次當上哥哥。

他喜歡被人高高舉起，發出「咻」的聲響繞圈，每每轉到我頭都昏了，他還笑個不停；或在推車上，他扶著欄杆站立，我找地方躲起來，然後唷的唷的，從四面八方出現，他也樂不可支。我們最常玩的遊戲便是「搖啊搖」，我與他一樣盤腳坐著，上身前後搖動，見我如此，他也跟著一起搖，後來，只要一聽到「搖啊搖」，他就會自動做出這動作，我們就這樣「搖啊搖」的，雖然沒有搖到外婆橋，但搖出快樂的午後時光。

有次借到了五、六歲小孩玩的三輪車，放他在後座，勉強將自己塞進窄小的前座中，兩人開始闖蕩。現在想來怎麼不怕羞，那的確是滑稽的畫面，兩腳大開，騎動，支乖支乖穿梭巷子間，經過朋友家，我還帶他登門拜訪，表演「搖啊搖」的把戲，然後繞到大馬路，靠著路邊小心騎，他睜大雙眼東看西望，有時還舉起雙手啦啦啦唱歌，一場三輪小村旅遊記。

全家出遊時，他也是其中一員。小時候我爸最愛帶我們去高雄鹽埕地下街，有許多書店和遊藝場。遊藝場外常擺設一些奇怪的遊樂設施，一回看到一個ET大玩偶，他馬上緊緊摟住我媽，怖疑的眼神打量，我一靠近，他啊啊的叫了起來，伸手示意，彷彿在警告我那很危險不要靠近，笑著告訴他沒關係，但只要走近，他又會示警地，啊啊啊提醒我們。

五年級時，我們決定要搬離小港，不能再看帶他。六年級的畢業典禮最後一片哀傷，當時還是在校生的我們也想湊熱鬧，大家起鬨，看誰可以哭出來。我自告奮勇，眼看驪歌再唱一遍就要結束，閉上眼睛百般思索，卻找不到引誘眼淚的餌飼，此時，腦中出現我和他生活的片段，

全家到遊樂園玩旋轉木馬

阿里山出遊，母親的唇上還有在工業區跌倒的痕跡

母親獨照

現在想來或許過分抒情了，年紀小不懂人世聚散，自然流露的是兄長的真摯情感，換個角度想，那些日子他也是我下課忠實的玩伴，去到哪，他就陪我到哪。搬家之後，尹尹的媽媽曾來拜訪我們，四歲的他已經會走，跟他說著這個媽媽曾經帶過你唷，這個哥哥陪過你唷，孩子眼睛天真，傻笑，那些日子，太小，沒印象了。

我媽帶的第二個小孩，是新家對面鄰居的小孩，那時我已國中，整天都在學校，放學之後，他也回家去了。真正有印象反倒是他長大後，成天往我們家跑，尤其愛找我爸媽，阿伯、阿姆親暱叫喚，重複著一些童言童語逗我爸媽開心。他喜歡待在我家，直到媽媽叫喚才肯回家，我爸總會偷偷給他買一些玩具，放在家裡供他玩樂，這是他們的祕密，噓，誰都不能說唷。

其實我還曾幫他換過尿布，那時，客房總放著一兩包的紙尿布，廚房特別設有一區放置奶粉與奶瓶，我媽用手臂試溫度，怕他燙著了；主臥室的彈簧床，我媽和他各睡一邊，闃靜的午寐。這些記憶都還沒有褪色，但只是一下子，他腳步就已如此穩健，可以天天自由在我家樓上樓下穿梭了。小孩都長大了，連我也是，他們提醒時間的速度，只有回憶不長進，停著就忘記走了。

工業區

我媽一輩子總是在找工作，即使沒工作了，腦子裡也在想找工作這件事情。從國中開始，台灣加工產業外移，家庭手工日漸沒落，工作來源愈來愈不穩定，到最後說停就停，我媽只好賦閒在家，什麼事情也不能做。那時我和我姊一天都待在學校，也不知道我媽在家裡做什麼，如今回想起來，在兩間屋長的大房子裡，她每天單獨待著，只能重複拖地、掃地、擦拭傢俱的家務，沒人可以對話，難免悶出病來，但最主要心頭縈繞的惶恐，即使我爸怎麼勸她安心在家裡，將身體養好，她還是執意要出去找工作。

這些過程都在沒有人的時候悄悄進行著。

送走我們上課後，她開始專屬自己的行程，騎著紅色的達可達，烈陽曝曬，到鄰近的大發工業區去，循著一根根電線杆、各家公司的公布欄，吃力辨識黏貼的紅紙，上頭簡單描述的工作說明；她認得的字不多，但「廚房」、「伙房」這些文字不會認錯，那是一心想找「煮飯的」工作的關鍵詞。砂石車、大貨車穿梭園區，在筆直的大道上快速行駛，我媽及達可達身影嬌小，沙塵飛揚間更顯模糊，容易緊張的她，以二、三十的時速緩緩行進，謹慎，大卡車一聲喇叭，震耳欲聾，她心一驚，停在路旁讓大車先走，喘了一口氣，繼續來往一張張紅紙條之間。

我是鮮少到工業區去的。小學時開始投稿，刊登後報社寄來兩百元的郵政匯票，村裡沒有郵局，必須到工業區行政中心，才有一間只見三個小窗口的迷你郵局。往往在午後，自己騎著腳踏車，差不多十來分鐘，然後踮著腳尖，對著窗口的叔叔說要領錢，填了資料，蓋章，便可以拿到兩百元，滿心歡喜的回家去。上了國中，這工作就交給我媽了，一樣是達可達，一次、兩次、三次……我的名字和兩百元，到後來辦事人員都能認得她，見到總是笑咪咪的說，你又來幫你兒子領錢啦。

我媽找工作並不順利，她總拜託附近鄰居留意，有沒有廠房徵伙食工，一次，好不容易說定了，真的進了伙房，燠熱難熬，穿戴帽子、長袖、膠鞋、長圍裙密不透風，不一會兒就發喘，身體實在承受不住，隔天就辭了。那就別找了吧，我爸再次勸她，她還不聽，說自己窮怕了，受我阿媽影響很深。我阿媽從年輕時，便含辛茹苦將他們六個兄弟姊妹拉拔長大，然而，現實逼人，我阿媽非常節省，凡事難免以金錢角度評斷，希望小孩能夠早一點工作，貼補家用，這才算有價值。沒錢的苦日子沒有過慣的一天，無論如何，希望早點過好日子。

沒有工作就沒有價值嗎？價值來源如此簡單？書寫的當下，我與她一般賦閒在家，也常思考

工業區廠房。

這問題，沒有固定薪水，受人疑惑，儘管不認同人生僅為了金錢，但難免陷入一般現實的考量，矛盾。我媽從不質疑這樣的觀念，因此她不停出去找尋自己的價值，但即使住在工業區旁，竟也無法找到一份穩定的工作。她的不安，如今我能深切體會，耳裡還迴盪她不時的怨嘆，埋怨自己的身體，埋怨自己的機運，無法走出去。

回溯我媽的工作歷程，才發現她的職業生涯，在結婚之後，濃縮得簡單，像她一樣平凡的女子，有了先生小孩，便依賴家庭生活，即使工作也不脫家的範圍。當年輕的工作能力漸漸耗逝，發現自己成了全然的依附者時，內裡的晃動不安，隨時可能引爆。有次我爸我媽吵得凶了，我爸說那就離婚吧，我媽則激動回應：「這就是要我去死！」這句話我一直耿懷在心，那是我媽一直以來的恐懼，一字一字，反應出一般價值與現實世界，對她這樣一個女人的衝擊。

後來一段時間，她會騎上長長的路，到以前小港區的老家，跟老朋友一起做手工，那是她最精神奕奕的時候了，但是，有一天回來卻看到她滿臉繃帶，手指腫大，受了重傷，原來是騎車時摔倒了。工業區的路口設有隆起的路障，是為了讓來往車輛減速通過，但這對機車而言卻是大障礙，得小心翼翼閃過，那天，她被突然巨響的喇叭嚇到，雙手一軟，抓不住把手，碰巧，車子又卡在路障上，一跌，撞到人行道邊，全身是血，她哭喊幫忙，路人卻不聞不問，她只好忍痛騎回村裡看醫生，過了好幾週痊癒後，再也沒有過去老家了。
這是她騎得最遠的一段時光，騎過了長長工業區，也騎過了長長的陰霾情緒，只是沒有想到，最後竟絆在工業區裡。

卷二・大屋

照片底下有一張文字，
紀錄著吳家兄弟們如何胼手胝足，
將舊房子改建成如今高級雄偉的洋房，
末段是一連串祝福語，
希望祖先祝福，庇祐大家。

撿蕃薯

我爸說，採收蕃薯，台語稱作「ㄅㄧㄚˋ蕃薯」，小時候總會打聽哪裡要「ㄅㄧㄚˋ」，早早前往，或見有人臨時要採收，尾隨其後，不錯失任何機會。抵達蕃薯田，小孩一見土壟，便趕緊搶位，這是「撿蕃薯」最火爆的場合，通常一畝田只有八到十排蕃薯土壟，唯有先站在土壟前，才能大聲宣告是我的，其他人不能搶。

六歲，終於到能去撿蕃薯的年紀，我大姑帶著我爸，在蕃薯園等人來「ㄅㄧㄚˋ」。第一次搶到土壟，站在排頭，面前的土堆有好幾尺長，上頭長滿彎彎曲曲的葉子，還向兩旁延伸，我爸手持鐮刀，卻一點也不緊張，從四歲開始就常跑來田裡看別人撿蕃薯，早已熟悉所有割草挑揀的步驟，只是沒機會下場。就是現在了，園主先跟小孩們警告，「撿就撿，不能偷我籃子裡的唷」，一聲「開始」，小孩揮舞鐮刀，替園主割下密密麻麻的蕃薯葉，分撥兩側土溝，現場瀰漫暗中較勁的氣氛，沒有菜鳥老鳥之分，第一次也得如別人一般快，園主在一旁觀看哪個小孩手腳最俐落，先去耙那壟。

推犛具的水牛望著小孩，反芻的嘴不停咀嚼，優閒的模樣與我爸追趕時間的動作，形成對比。

接下來，水牛就要往前走，第一、二回先將中間土推耙開，第三回，園主調整位置，將犛具底部調整更深，並挖撥兩側，藉此翻出內裡蕃薯。這一壟「ㄅㄧㄚˋ」完了，水牛向下一壟走去，我爸與園主請來的幫手一樣彎腰，兩腳跨走在土壟兩側，幫手挑揀蕃薯，丟進籃裡，我爸則緊跟在後，拾起漏網之魚，算是報償，等到幫手離開，我爸用手撥土，注意芽根之下，伸手入土裡觸摸，或玩變色龍遊戲，眼尖找出與土堆同色的蕃薯輪廓。一壟一壟的小孩，各自玩著不能跟別人分享的遊戲，看誰幸運可以找到最多。

如果園主請的助手是熟識，也許會得到幾粒故意留在田裡的大蕃薯，離開前還要問問園主可不可以給地瓜葉，如果園主答應，全部拾起帶走，回家煮成豬飼料。過幾天，還要再去造訪收拾過的田畝，下過雨冒出的青芽會顯露蕃薯藏身處，青芽愈多表示份量愈大。

蕃薯田的小孩背負著幫助家裡生計的神聖使命，對此事皆認真看待，道義上來說，一人只能占一排，讓大家盡量有工作，但就有不講理的，貪心要兩三排，引起公憤。我爸曾有過一次蕃薯園的決鬥經歷：

四十多年前一個下午，天氣晴，十二歲的他和一個女孩在蕃薯園裡槓上，那女孩比我爸還魁梧，手臂結實有力，我爸罵她：「鴨霸！每個人都只能撿一壟，你為什麼要占兩壟？」女孩一臉蠻橫，不在意眼前這個矮小的男孩，「恰北北」回罵，「我就是要撿兩壟，怎樣？」

土沙吹過，兩人互不相讓，其他的小孩在一旁屏息以待，靜默，怕不小心觸發了戰火。

突然，默契一般，兩人同時動手了，完全沒有女孩和男孩的差別，一拳一腳不含糊，你摺我一拐子，我揪你一膀子，翻滾在蕃薯園裡，全身沾滿泥巴，一臉灰。女孩占了身形之利，順勢手肘一躬，勒住我爸脖子，愈來愈緊，愈來愈緊，我爸快喘不過氣了，手上鐮刀揮舞，輕劃女孩腳踝，一條血線。女孩哭了，我爸有些愧疚，但猶然理直氣壯大喊，我又不是故意的，誰叫你要勒那麼緊？

好一會兒了，女孩還在哭，我爸氣勢軟化，好聲說著大家都想帶東西回家，你幹麼那麼貪心，有的人沒有工作欸！女孩什麼話都聽不進去，眼淚不止，我爸詞窮只能僵在那裡，大家一動也不動。突然園主說開工，所有的僵持馬上結束，小孩重新洗牌各占各的位置，拿著鐮刀準備砍掉所有糾結的枝葉。生活從來不會停住，水牛往前，小孩們也跟著往前。

撿子彈

早年我爸聽到槍聲，腦筋想的不是共產黨打過來了，還是國軍出發解救水深火熱的大陸同胞。第一個念頭就是下課之後，無畏懼地要衝向槍林彈雨。

軍隊訓練往往選擇山丘，倚靠山壁，以特定物品作為標靶。我爸循著槍聲，辨認靶場位置，抵達時訓練已近結束，不能給阿兵哥看到，只能暗暗躲在山窪、樹林。望向左右，不單小孩，許多大人也嚴陣以待，手持工具，摩拳擦掌，彷彿一聲令下，土窪內的人群就要對眼前的軍隊展開奇襲。

不過，若想以手上的小鋤頭與鏟子對抗整營步槍，準是不要命了。大家想要的不是戰功，而是那隨槍管發射出去的子彈，一顆一顆在眼裡都是寶。隨著部隊結束打靶，阿兵哥完成山壁的清理工作，才是蓄勢待發之際，漸漸地，雄壯威武的答數聲只剩回聲，踏步聲也隱沒山林，隱形的人影全現了身，跑向剛剛放設標靶處，面對山壁，作全面性的掃描。

處理彈孔，先用小鏟子挖地，碰到子彈會「吭」一聲，加緊馬力，用鋤頭繼續掘，挖出來收進自己口袋，再往下一處碰運氣。寧靜的山坡，前一刻還是嚴肅的軍事場地，下一刻卻變成尋寶地點，大人小孩，或蹲或站，左鏟右鋤，看誰可以「吭」最多聲。我爸總是挖到最後一刻，吃飯前才會匆匆趕回家。

銅製子彈可以賣給收破爛的，兩顆子彈五角錢，這是我爸幼時唯一能夠換得金錢的工作。子彈變成私房錢，我阿公阿媽不知道。不過小孩嘴饞，錢往往都捐給村裡的柑仔店，我爸看著玻璃櫃上一排裝滿糖果的圓形塑膠罐，打開，挑出最大的一、兩顆，付錢。走出店外，甜滋滋含在嘴裡，也甜進心底。

我對子彈的印象並不好。原因來自大專集訓悲慘的打靶經驗，平日訓練課程，聽著班長一個口令一個動作，兩腳打開，趴臥在地，舉起槍枝，利用覘孔與靶心關係，尋找射擊位置，並不覺得難，總假想自己彈彈皆中紅心。誰知到了靶場，摸不著頭緒，也是循著班長所教對著靶心稍高處，沒想到子彈卻飛過靶紙，全入山壁，一旁班長劈頭大罵，要我別慌緩沉著，覘孔朝下一些，接連兩發，卻引起塵土飛揚，彈彈遁地，十顆子彈配額馬上用盡，最後只落得班長冷語，你知道你在幹麼嗎？

取完靶紙，同袍拿著紙張互較誰中靶多，就算沒打在圓靶上，紙上也有彈孔痕跡，只有我，整張紙乾淨無痕，趕快摺進口袋，沉默歸隊。那時我挺難過的，宿命般發現自己和電影上的警採、黑道大哥完全不同，無法槍槍命中，我應該就是那種怎麼打都打不著，卻一下子就被別人擊中的配角命吧。一種英雄形象的幻滅。像我這樣的槍法能造福什麼人群呢？

我爸說，找子彈其實很累，由於較易辨認的子彈都被軍隊帶回了，剩下的不是嵌在深土，就是偏離標靶太遠。想到我那些入山遁地的子彈們，或許他們的存在就是為了讓這些小孩尋找，我的槍法是小孩幸福的來源。只可惜子彈無法穿越時間，回到四十年前，不然我想我爸的收穫應該會不錯。

採黃麻

農業時代，小孩課餘的工作也隨時令有所改變，俗話說「四月天稻米，十月天蕃薯。」其中的空檔，田裡改種黃麻。

黃麻是一年生的草本植物，一般為叢生，莖圓筒，鋸齒葉緣，開黃花，是熱帶及亞熱帶特用農作物，原產非洲，清康熙時傳進台灣，據說是由福建漳州人移居嘉義溪口所引進的，日治時期，日本為發展農工業，運銷米和糖，需要大量的麻包袋，開始在台灣有計畫的種植，一直到國民政府時期，都有政策規劃。黃麻以中、南部為主要產地，從彰化員林到台南新營，黃麻初植地的嘉義，更是豐富。

我爸說，一知道哪要割黃麻，下課後便會執鐮刀衝去，一群小孩拿著各式器具跑向田裡，赴一場械鬥的約，不過互砍的不是彼此，大家的敵人都一樣——瘦長的黃麻枝。雖所謂擒人先擒首，但高他們兩倍的黃麻實在難以捉拿，善用體型優勢，二話不說，彎身，往下割砍，看似高大的黃麻其實骨子軟，輕輕一劃，就傾倒在地。不一會田地淪陷，黃麻大軍躺成一排投降。通常一個小孩可以制服四十個黃麻軍，若到六、七十個就是冠軍了。之後剝下最青嫩的黃麻外皮，作為繩索，將十到十五枝的黃麻捆成一把，用各自神祕的方式，做上記號，等著地主將軍來點收這場成功戰役。

時間到了，將軍一身標準裝備：斗笠、白汗衫、捲起的布褲、赤腳、牛車，緩緩來到。地主、水牛、小孩、田地，再度相會，將軍露出滿意的笑容，將黃麻放上牛車，小孩七嘴八舌說著自己是誰的兒子，只需這個資訊，便能運送捆捆黃麻到各戶人家。小孩先回家等著，見水牛搖尾悠哉步入家門稻埕，便上前指認自己的戰俘，我爸的祕密是每一捆折掉三棵黃麻的尖首，連將軍都不知道的小兵技倆。

黃麻韌皮部富含纖維，通常用於製造麻布、麻袋、麻衣，平地農民則常用來造繩索。首先要做的是剝皮手續，稻埕成了行刑場所，黃麻噤聲不語。夜風吹起，一家人飽餐足食後，即到動手時刻，我阿公通常不會加入，自己坐在屋簷下，默默抽菸，我阿媽則出手幫忙。一開始，用刀在較粗的圓莖末端輕輕一砍，然後雙手分執，唰的往下拉，黃麻皮與內莖並不特別緊密，不需出太多氣力，只是黏膩的外皮當需注意，避免沾到衣服。像我爸一般熟練，剝一根只需兩三分，還可留存漂亮黃麻皮，不熟的人像我姑姑，氣力較弱，可要東拉西扯，最後黃麻皮如破布一般狼狽。

一家人的影子，被門口昏黃的日光燈拉得細長，有人從一旁走過，會聽到黃麻皮撕裂聲，流利、斷續，中間摻雜孩子的吵鬧聲，想偷懶的說要去上廁所被叫回來，每個人分享今天發生的事情，誰誰誰被誰打了，一陣鬨笑。我阿媽嚷著要大家手腳快一點，人家就要來收了，九點一到，水牛和將軍從陰影處漸顯身影，緩慢走進稻埕，此時大家已把黃麻皮捆好，讓他收走，大人們寒暄幾句，水牛擺擺尾，鞭子一抽，咩，又往下一處去。

我爸說幼時做的工作，採黃麻就是這點最累人，黃昏採回家，晚上還得繼續進行，全部弄完，才能上床睡覺。忙了那麼久，就是為了要鮮白的黃麻莖，架高莖枝晾曬，等其乾透，除了作為柴火燃料，最主要的，還可以用來擦屁股。

我爸後來去賣衛生紙，遇到老一輩不習慣使用衛生紙，還會向他抱怨：「以前用黃麻莖擦屁股都不會生外痣，現在用衛生紙竟然會生。」黃麻莖是衛生紙的前輩，早期家家戶戶都能自製。乾透的黃麻圓莖，依長短等分，由莖面剖下，較粗的底部可切為四份，末梢細處則削成兩半，放在廁所裡。我實在難以想像這種「柱狀衛生紙」如何執行清潔工作，我爸說可好用的咧，在屁股附近，一次用一邊稜角輕刮，通常一、兩根，就能刮乾淨了，邊說還拿衛生筷示範，但早就習慣衛生紙的我，就算用想的，還是無法體會那種「刮」的快感，畢竟這時代已像電視廣告所說的，乾淨的小屁屁還是需要柔軟的衛生紙。

摸「ㄌㄚˊ」仔

一直到高中，我還只知道有大「ㄏㄚˊ」仔（蛤）和小「ㄏㄚˊ」仔，大「ㄏㄚˊ」仔通常用來煮湯，小「ㄏㄚˊ」仔（文蛤）則被醃製成下酒小菜，後來我爸解釋外殼顏色較深的小「ㄏㄚˊ」仔叫做「ㄌㄚˊ」仔，我才搞清楚，原來台語諺語中「ㄌㄚˊ」仔長得就是這樣，不然我一直以為「ㄌㄚˊ」仔是另一種「ㄜˊ」仔（蚵）。

小孩子身高不夠，大人通常不會允許去水邊，等大一點，像我爸到十四、五歲之後，才可以去八掌溪裡摸「ㄌㄚˊ」仔，當然同行還是要有大人，我阿媽才會放心。

摸「ㄌㄚˊ」仔的配件，基本上只要一個臉盆就好，彎腰，鼻尖清貼水面，一手翻動石頭，通常「ㄌㄚˊ」仔就藏在隙縫間，摸到扇狀硬殼馬上拿起。我爸說，那時常會看到岸邊有男人「篩石頭」，那又得等年紀大點才能做了，這是為了給人蓋房子用的，把溪岸上的石頭丟進篩子，揀出中等大小的鵝卵石，送到工地去賣。

從小開始，我阿公阿媽總不許我爸玩水，他只能趁著摸「ㄌㄚˊ」仔時，跟朋友潑水互鬧，常常玩到全身濕答答，回家被我阿媽罵。對我爸來說，「摸『ㄌㄚˊ』仔兼玩水」，可能比「摸『ㄌㄚˊ』仔兼洗褲」來得更貼切吧。

抽水窟

我爸談到抽水窟時特別神采奕奕。

過去乾旱之時，田裡缺水，沒有天水降臨，只好往地上索討。農夫挖地三到四尺，裝上抽水馬達，準備抽汲地下水。

這項工程必須與泥水工匠互相配合，之前，和泥水匠先講好時間，挖掘後翌日，泥水匠便來報到，砌牆，不然過了幾天，泥沙崩落，又堆積洞裡，等於做白工。與人約定好當日，我爸不和我阿公一起去工地，這是一人份的工作，獨自前往。

這和建房子完全不一樣，雖然同樣是層疊磚頭，但一個是攻，一個是守，建房子前已有規劃藍圖，只需按部就班，便能達到預期效果；在抽水窟四面砌磚，並不簡單，完全考驗真功夫。由於泥土濕軟，必須完全封住滲透的水分，農家才有辦法裝設抽水機。不知道水會從哪裡大舉攻入，泥水師父必須嚴陣以待，穩固四方，除了要經驗，了解附近地形特性，更需要一手好功夫和沉穩的性格。

洞口裝設如深井取水用的滑輪設備，我爸坐著大木桶下去，略略探測泥土狀態，然後開始築牆建高，裡面所用的磚頭，泡水的時間得久一些，放在水泥上，才會吃較多的水分，穩固，不會只是黏了表面；磚塊左右兩側，更要抹黏均勻，不留一點空隙。所有步驟，他做來仔細，一點也不馬虎，只需要一兩天，就可完成一個抽水窟的工作。

功夫不道地傢伙，往往忙了很久，水依舊從磚縫流出，但我爸總能全身而退，四面八方穩穩守住。他砌抽水窟的技術是一流的，整個村莊都知道，許多都會直接到家裡指定要我爸。

這讓他很有成就感。

點心

我爸至今還記得十歲時的某個下午，他帶著弟妹去看我阿公建房子，到工地時剛好遇上工人吃點心，熱心的地主端出冰涼仙草，要大家休息，看到我爸這一群小孩，同樣熱絡招待，盛了一碗給他們。

那碗黑黑甜甜的仙草成了這場午後出遊的全部記憶，主人親切微笑他猶然記憶深刻，仙草入口順滑，從嘴裡涼到心底，他和我阿公蹲坐工地一旁，像是賺到什麼似的感到興奮，工地裡忙些什麼倒是印象模糊了。

以前人情味重，地主不把工人當成手下，抱持「大家來是到我家幫忙」的想法，總會提供一點心意，滿足口腹。那時，工地裡的吃食比一般家庭來得好，為了讓工人有力氣做事，地主會準備豐富飯菜，而且必附肉類。煮飯處設在工地旁，架個塑膠棚，和幾張桌椅，如烹煮外燴，放個大鍋和大瓦斯爐。從房屋大門望去，攪土、砌磚身影的一旁，一個女人忙著切菜、煮飯，往往是女主人，一早已逛過市場一圈，近中午出現棚底。當時女主人總得有一定的煮食功夫，快速處理眾多食材，雖不見得美味，但也會令人垂涎。濃濃香氣擁有巨大魔力，一下子掩蓋了四周泥土味，嗅覺被喚醒，接連聽覺也變得敏感，油炸鍋內豬肉「低低」聲響，或是蔬菜入鍋快炒的轟然，都扣著工人的胃。咕嚕咕嚕。

後來我爸乖乖去做工，雖不承認是因為誘人的食物所致，但我想做工與美食，在他心裡早已產生微妙連結，要回想哪些建築工程難忘、哪些主人和藹，全依點心豐不豐盛為評斷。他曾說過一則「點心」趣事：有一對師徒受雇建造屋外廁所，下午吃點心時，主人只叫了師父，留學徒枯等。學徒愈想愈悶，自己也很辛苦，為什麼只有師父可以吃，不自覺地拿起工具敲打磚頭，直叨唸：「若有大家有，若無大家無。」廁所落成後，這家人遇著怪事，只要一人想上廁所，其他人就會跟著想上，彼此互搶，苦不堪言。事有蹊蹺，男主人前來理論，師父一頭霧水，詢問學徒，建造過程中，是否做了什麼不該做的事？學徒才想起曾敲打抱怨一事。原來是他敲打的時間、位置，剛好對上了風水，那句「若有大家有，若無大家無」竟成了咒念，使屋主全家「廁事」不寧。重回現場，師父要學徒指出敲打處，拆掉重砌，怪現象才得以停止。

對耗費大量勞力的工作來說，吃食當然是很重要的事，我爸有時還會提起那時所吃的菜餚，中午給食，時菜、米飯必備，豬肉、瓜仔脯、海魚、青魚、鹹魚，還有青魚製的「醃仔魚半」，滿滿放在大鍋內，任工人們挾選，魚肉的細嫩或是豬肉的肥膩，咀嚼起來相當有快感，或許我爸愛吃肥肉的習慣，就是在那時候養成的吧。三、四點的點心時間更是貼心安排，工人們優閒的下午茶時光，主人依天氣情形調整，天熱就吃些涼的，像是仙草、愛玉等，天冷則煮一鍋熱騰騰的羹湯，暖暖大家的身。若工地設在村裡，我爸和弟妹們偶爾也「順道」去吃點心，吃完之後我阿公總會催促他們趕快回家，畢竟嘴再饞，也不好意思大叫「再來一碗，謝謝！」

濃郁的人情味，還是抵不過時代的變化。我爸十八歲時，開始建造洋房，房子的更迭隱約宣告人際關係的轉變，煮飯的不再是女主人，而是與他們一般的女工，雙方做事都是為了微薄薪水，招待氣氛逐漸淡去，後來連煮飯女工都沒有了，水泥商與人定契約，得加上伙食費一項，負責工人吃食問題，通常都是分個便當簡單打發，工地裡從此只瀰漫沙土。

現在我爸去做工，每一餐都要自己打理了，一回到嘉義竹崎工地，為趕進度，連晚餐也無法好好坐下來吃，隨便到附近商店，買了盒涼麵果腹。我爸牙齒鬆落，麵條咬不動，簡單吃幾口，就擱到一邊繼續忙，屋主見狀，竟替我爸熬煮清粥，邀他入門休息，要忙也等吃飽再說。屋主注意我爸牙疼，一顆牙鬆動得厲害，黏著神經特別敏感，熟習拔牙技術的他，要我爸找一天過來，願意免費處理。那回拔牙我也跟去，屋主見我直誇我爸負責專業，個性溫和，現在，這樣的人很少了。

我點頭附和，我爸反倒害羞的說不出話來，故意用牙齒的話題減少自己的尷尬。屋主繼續微笑讚美，我喝下他遞來的茶葉，就像我爸小時候吃進那些可口的點心。

設計圖

房裡有一張我爸繪的建築草圖，用報紙包捲好，塞在書櫃空隙。

那是幾年前我爸與我大伯一同建蓋的旅館設計圖，紙張底下一行字標明「圍牆地面透視圖」，旅館大門面對溪谷，沿著山坡建造的另一方圍牆，在紙上以階梯狀向上延伸，視坡度而調整大小，共有五個區塊，我爸用ABCDE分別標明。以橫線表示的樓梯彎曲橫貫屋內，幾處格子狀的方塊，是施工時需要插鋼釘、灌混凝土的所在，每面牆都有精準的比例長度測量，磨石地則用許多小圈圈表示，屋內可利用的空地，寫上樹、花等字，旁邊還有「ABCDE標示　八寸砌磚水泥沙　粉刷（光）　不帶其他部分」、「圓面方格十二公分　三分鋼筋　十公分混凝土厚　水電塑膠門沒附帶」等字，像是一種密碼，僅供給行家解讀。一間旅館就這麼簡易地，在紙上顯現出來。

我爸說，繪圖的功夫，都是自己摸索而來。那時沒有蓬勃的學校教育，不斷前進的潮流，瞬息萬變的環境，就是他們的老師，為了生活必須趕上腳步。十七歲左右，顧客開始要求建築洋樓，這對整個土水家族是一個挑戰，誰也沒有碰過鋼筋水泥，但還是得硬著頭皮上。顧客通常先請設計師繪出設計圖，泥水工人再按圖施工。夜晚時分，展開描圖紙，我阿公只能靠以往經驗，慢慢摸索，橫線直線代表什麼，他鮮少跟人討論，獨自沉思，身為工頭，必須了解全部，才能指導底下做事。我爸常在客廳一角，燈泡淋下一屋昏黃，看著他皺眉。

設計圖裡藏了許多他們不懂的新技術，得用自己的方式一一克服。一開始買不起機器，只能單純用力氣切斷鋼筋，測量好需要的鋼筋長度，用粉筆標記，放到鐵覘上。鐵覘狀似梯形，相當重，中有一正方形的凹口，用來放一邊凹陷的「砸台下座」，下座凹陷處與鋼筋大小相符，置鋼筋於上，一人再拿切鋼釘的利錘，將凹處對準粉筆記號處。一切就緒，另一人舉大鎚往下一搥，三分大的鋼筋兩下就可以切斷，五分大的鋼筋則要五六下，非常費力。需要彎曲的鋼筋，也得如此，拿著釘有四根大鐵釘的模板，以一邊為支點，用手臂的力量向內緊拉，最後拉成口字，圈住數把鋼筋。

等到我爸到台北開土木工程行，他才開始自己繪製設計圖，與客人藉圖談價，多為室內裝潢工程。在台北老家的小房間裡，夜深人靜，他獨自畫著。我還記得這間房，走過放滿油漆、松香水的櫃子，會看到一扇門，一邊是木板通舖，另一邊是釘在牆上的白色書桌，還能拉起來呈斜面狀，桌上有許多大型三角板及鉛筆。日光燈照在白色書桌上反光強烈，我坐在椅子上，將

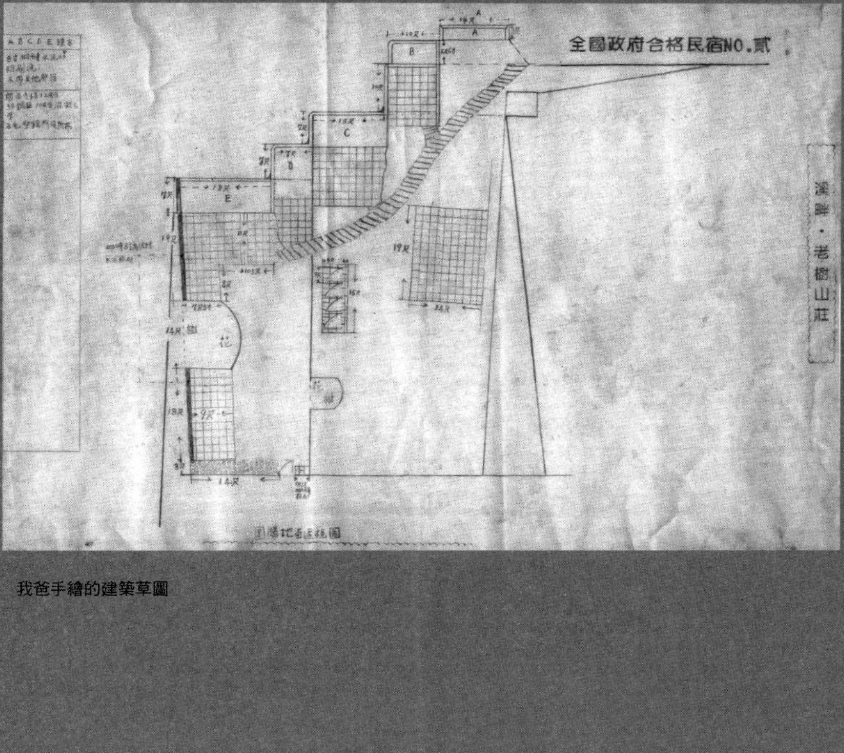

我爸手繪的建築草圖

一整排的販厝

書桌當成圖畫紙塗鴉，再用橡皮擦拭去，把皮屑捏得一管長長。

我爸那時畫著許多人的家，設計一戶戶美麗的夢，完成顧客圓滿的想望，但當時他努力繪製那些關於我們家的草圖，卻被擱置在某個時空中找不回來了，如今只剩下那些大型三角板還在，隨著我們一路輾轉，安靜地躺在學習廣告設計的我姊的書櫃上，一動也不動。

浪板

據說鐵皮剛從工廠出來時大約九十公分寬長，然後會依個人需要壓印成不同起伏形狀，如波如浪，因此，這樣的鐵板統稱浪板。

我特別喜歡這個名稱，浪板、浪板，彷彿踏上了就可以乘浪遠行，還是帶著一點飄逸的味道，漂泊的風情。

然而，浪板的名稱也暗喻著流浪的身世，總是拿來搭蓋臨時屋的命運，接待來來去去的工人，等到工程結束，便被拆掉，丟棄一旁，等著被清理。

十八歲，我爸隨著工頭初來台北三重工作，沒有工寮可以住，整班人與房屋為伍工作、生活、吃飯、就寢，都在這幢建設中的屋子裡，那彷彿是偷渡的時光，未完成前，這是他們的家，完成之後，便成為別人的，他們不合法的流浪漢身分馬上曝光，無法延續假象的安定。

之後，加入國泰建設松山區的建造工程，在一片稻田中開始建蓋四層樓的公寓。這可是大工程，供不應求的售屋風潮，讓他們有源源不絕的頭路。他居住的工寮大多是浪板所搭建，樑柱是簡單的木頭，外皮則用一片一片的浪板釘鎖，從屋頂到四面牆，都是鐵皮。工寮裡擺設簡單，每個人攜帶自己的棉被，將幾件簡單的衣服掛在牆上，大約十張左右的上下鋪，他睡在由門口算過來第二張上鋪，床鋪一旁是走道，頂上還有幾架電風扇。

我爸說，那時有工作做就很高興了，即使夏天被鐵皮浪板酷熱地烘烤，也不覺辛苦。由於國泰建設是大工程，分工細緻，有泥水工、地基工、模板工等不同單位，同單位的員工住在同幢屋子中，若是單位人員多，像我爸泥水工就有四、五班，也會依班分房。工頭必須打點工人三餐，有時在屋外炊煮，生起炊煙，各自去自己屋外的浴室洗澡，人影走動，工地旁，是一個臨時的小聚落，大夥相互照顧，暫時的鄰居。

這聚落的人口來源多元，我爸第一次接觸來自台灣各地的工人，每個人帶著特殊口音，新

廣	告	回	信
板橋郵局登記證			
板橋廣字第83號			
免	貼	郵	票

235-62

台北縣中和市中正路800號13樓之3

印刻文學生活雜誌出版有限公司　收

讀者服務部

姓名：＿＿＿＿＿＿＿＿ 性別：□男　□女

郵遞區號：＿＿＿＿＿＿＿＿

地址：＿＿＿＿＿＿＿＿

電話：（日）＿＿＿＿＿＿＿＿（夜）＿＿＿＿＿＿＿＿

傳真：＿＿＿＿＿＿＿＿

e-mail：＿＿＿＿＿＿＿＿

INK

INK PUBLISHING

讀者服務卡

您買的書是：______________________________

生日：　　　年　　　月　　　日

學歷：□國中　□高中　□大專　□研究所（含以上）

職業：□軍　□公　□教　□商　□農

□服務業　□自由業　□學生　□家管

□製造業　□銷售員　□資訊業　□大眾傳播

□醫藥業　□交通業　□貿易業　□其他__________

購買的日期：________年________月________日

購書地點：□書店　□書展　□書報攤　□郵購　□直銷　□贈閱　□其他

你從哪裡得知本書：□書店　□報紙　□雜誌　□網路　□親友介紹

□DM傳單　□廣播　□電視　□其他

你對本書的評價：（請填代號　1.非常滿意　2.滿意　3.普通　4.不滿意　5.非常滿意）

內容______封面設計______版面設計______

讀完本書後您覺得：

1.□非常喜歡　2.□喜歡　3.□普通　4.□不喜歡　5.□非常不喜歡

您對於本書建議：

感謝您的惠顧，為了提供更好的服務，請填妥各欄資料，將讀者服務卡直接寄回或傳真本社，我們將隨時提供最新的出版、活動等相關訊息。

讀者服務專線：（02）2228-1626　讀者傳真專線：（02）2228-1598

奇，我爸特別注意，宜蘭人的福州台語說法、彰化台中又是另一種，往後只要聽到別人開口，總能猜到幾分，家鄉在哪。夜晚來臨，睡不著的就到外頭圍坐，看著月亮，幾個人一起聊天，討論之後要做什麼，然後暢飲啤酒，四層樓的高度在當時可以睥睨一切，月光削去公寓一側陰影，聊到睏意襲來，才回到床上。

十五號發餉日是聚落最熱鬧的時候，打破單位限制，每間屋子人群聚集，開始打撲克牌小賭，瘋狂不眠，口袋滿滿鈔票的小伙子盤算著他人口袋的錢財，輪番上陣，看誰是最後的大贏家。不過，我爸總是離得遠遠，他不喜歡賭博，誰也不能從他手上拿走辛苦錢。

還有一段特別的聚落時光，則在浪板之外。退伍後他改到木工廠工作，製作五斗櫃，每位師父都有一張工作台，高起的架子位於靠牆一邊，木工廠工作時數相當長，往往吃完飯後，還得繼續加班到十點才能休息。不過，我爸與同鄉朋友，三兩成群，總趁著這段優閒，一起到外面溜達。

工廠位於華西街夜市附近，這群年輕氣盛的小伙子總喜歡觸碰那些昏黃地帶，走過蛇肉店、小吃行，來到鶯鶯燕燕聚集的寶斗里，穿梭狹窄巷弄中，聽著女孩們對他們呼喊，來唷來唷。早聽別人說過，來這裡不可戴帽子、上衣口袋也不行裝東西，以免被他人拿走，不小心踏進店裡，就出不來了。他們害羞地走過一家一家店，無論別人怎麼喊也不敢進去，只是露出羞赧一笑，互相推擠。每天總會來這麼一次，到後來這些女孩看熟了，知道他們只是來看戲的，也不熱切招呼了。

看完寶斗里的戲，回到工廠，他們的床就是白天工作的平台，我爸從桌子後拉出另一張面板，擦拭乾淨，蓋上，然後站上床，先拿出放在牆上木架上，用塑膠袋包好的棉被、枕頭，平鋪，再把蚊帳四角掛撐，安心睡覺。

木工廠微微發亮的橘黃燈泡未熄，遠遠看去，一個個蚊帳像是一顆顆卵，孕育著這些年輕人的希望。總有一天不用再流浪。

販厝

到了洋樓時代，我爸先是幫人改建一般住宅，他們稱為「ming shi la」，之後房屋成為交易物品，需要大量建造，傳統泥水工也開始接受大型公司委託，興建透天社區，或是多樓層的大樓公寓。

這種房子稱做「販厝」。我爸說建造販厝特別累，房子不再以一幢一幢為單位，而是一區一區，樓層高度也拉到四樓，在機器不發達的年代，沒有升降梯，一袋一袋水泥總要自己背著，慢慢上樓。

「販厝」這種大量製造的形象，讓我想起以前在小港住的透天住宅社區，數十排整齊的二樓透天厝，沒有什麼特色，家家戶戶長得一樣。但到社區末巷竟是一排廢墟，沒有完工的房子看來詭異，只剩樓層骨架，連向外的牆面都沒有，顯露的紅色磚塊如人身血肉，陰森。夜晚時分，我們不敢經過，黑漆漆的一樓是異世界入口，不敢懷有太多好奇，只有在元宵節，才會成群結隊探險，拿著各式各樣的花燈，踏著潮濕地面，互相嚇來嚇去，往內裡走去。

沒有人知道這社區為什麼會結束在一排未完的透天厝上，賣不出去，最後就成了種種鬼故事的發源地。

做風水

我爸對生死之事看得淡然，全是因為年輕時幫人做風水的緣故。

初聽到這個名詞，我還以為是什麼風水師的工作，我阿公何時練成這門功夫，可以幫人看地看房子，後來才知道這是一種說法，「風水」聽來帶有靈氣福地的意味，有好的風水，才能緜延福氣給後代子孫，讓家族興旺。

築墳即是建造風水。

喪家出殯之前，便要到墳地做簡單的建造整理，第一步先造墓碑，依墓碑大小量出棺木與碑牌間的位置，碑牌平放時不能壓到棺木的邊角，這是破壞風水之舉，讓往生者無法喘息，也會壓壞子孫的運氣，許多年輕師父施工時都忽略此項，說也玄妙，家族竟生諸多不順，才發現原是風水源頭出了問題，趕緊改建修正。

這種傳聞聽多了，還好我阿公包工之墳從未發生。出殯當日，喪家哀悽到來，我阿公豎起牌碑，讓喪家親屬祭拜，等隔日水泥風乾，碑立不動，工程才算正式開始。開始疊築磚頭之時，亡者已在土裡安眠，接連幾天，必須在一旁敲磚抹土。我爸談及某個過程頗令我心驚。棺木下土前，通常會挖一個小洞，落土同時將洞口木塞取起，稱為「放風」，因怕棺內沼氣過盛，密封棺木會爆開，特別用以疏通，但有時「放風」太過，洞口逸散的沼氣摻拌屍味，瀰漫整個墓地，彷彿成了一種叮嚀，亡者正臥一旁，刺激鼻腔叨唸。

難以想像在嚴夏酷暑，那樣的氣味再加上心理作用，要如何忍受，但我爸說得輕鬆，這味道好比小動物死去，也不是沒有聞過，都是一樣的。面對複雜的生死之事，這「都是一樣的」味道養就超然的態度，人也不過是動物罷了，我爸做風水時體會到的，其實是很深遠的道理。

土埆厝

泥土。滿滿稻埕。

提到土埆厝時，總會聯想到這個畫面。泥土如藤蔓一樣匍伏地面，不知怎地，我對這樣的畫面特別感到興奮，彷彿一面大海以變身的方式展現眼前，我爸我阿公走過一段長長的路，來到工地，那片濕軟的黃土，就是一種奇觀。

但的確過分想像了。

我爸說得實際，那片大海總要先被鏟成堆，旁邊有稻草和竹片，等著他們來到。早期建築房子，因不難在鄉間取得材料，往往由主人準備，工人們只要攜帶自身工具，進行技術方面的工作。建築土埆屋首步，要完成一塊塊土磚，主人會挖取收成後稻田裡的泥土，具一定黏性，嘉義一帶通常只在內裡混雜稻草梗，有的地方則會放入稻穀、小石粒或小磚片，還有人添加石灰增加硬度。之後，灑水，攤平一片泥海，工人們赤腳來回踐踏，摻勻泥土與稻草梗，一群男人捲起褲管半跳躍半行走的模樣，啪啪啪啪，遠遠看來像跳舞。

處理完泥土，接下來便要製磚。準備一個木模，規格差不多三十平方，無底，在泥上押印模形，拍打扎實，一塊一塊均勻分布，要等一個星期左右土埆磚才會乾固。土埆牆通常以簡單平砌方式堆疊，每四層插放一枝竹片，讓屋體更加堅固。我爸說搬土埆磚很辛苦，一個差不多五六公斤，剛開始還是學徒，只能負責把一個一個土磚往上搬給師父，踏著竹製的鷹架，腳步微顫，兩三層樓的高度上下來回多次，不到幾趟，已氣喘噓噓，整個牆面的土磚都靠他們一步一步堆疊出來，沒有任何偷懶或是快速的方式。

由於土埆磚怕水，接近地面的三十公分左右高，要砌上紅磚或是卵石作為牆基，以免淹水或

土墒磚抵不住時間沖刷，露出殘裂。

受潮軟化，外牆也必須抹上一層泥土與石灰，防止雨水沖刷。房厝被水溶化，彷彿是童話中大野狼一吹，稻草屋、木板屋都飛走的另類翻版，暴雨來臨，大家提心吊膽，唯恐土磚如蠟融滴落。

所以，正如三隻小豬後來都躲到紅磚屋裡避難的結局一樣，當我爸開始當學徒的時候，土埆厝已經不多，只有一些次要的房舍，像倉庫、豬寮，才會選擇便宜的方式建造，一般住家大多改建較為安全的竹篙厝，當然，這也是一種財力的展現，住在簡陋的土埆厝，難免受到輕視，好像窩在泥土裡過生活，一輩子只能地上打滾。如此現實的意涵，已難以簡化成一則童話那樣單純了。

屏仔壁

竹篙屋迷人之處，是牆內繁複的竹篾條。

我爸年輕時最常做的就是竹篙屋，嘉義產竹，大部分人家都能取得材料，主要是麻竹和桂竹兩種，麻竹竹桿肉厚，直而高大，常用作建築之支柱。桂竹高六至十六公尺，材質堅韌，抗彎度大，常被拿來當作屋頂支架。彎曲的桂竹不能曬乾，要保有水分，然後在彎曲處捆綁稻草，燒烤，慢慢施力，桂竹便成弧狀，用以固定於屋頂上。

竹篙屋為穿斗式結構的建築，開始要先確定開間之數，架構主體，竹枝著洞，為順利穿插，必須用彎月狀的小刨刀，將竹節削去。將前後兩面牆面立起，再繼續以竹枝連結，鞏固樑柱，屋頂亦以竹管剖半構成桷材，前九枝後七枝，堆疊磚瓦，漏縫，得以疏通，下雨時不積水。

底層如土确屋厝般，先砌一定高度的磚塊，填補木竹結構枋柱間空隙的壁體之法，則是編以竹條，俗稱屏仔壁，即為邊竹夾泥牆。此為中國南方及日本盛行的作法，是在枋柱空間處，先用竹篾條，也可用蘆葦編好如網狀的壁體。「屏」為編織竹條之意，我爸說此階段最為繁雜，像女人織網，竹篾條交錯穿梭，一枝一枝皆得耐心，必須緊密，才能吃下抹進的泥土，男孩手拙，有時總一片歪斜，還得重新調整，整面完成後像是竹篾椅的表面，但是不能有任何彈性。

之後於內外抹泥，泥中可摻稻草、稻穀，再於外表粉白灰，這繁複的手工就被淹沒在牆內，只能等著風吹雨淋，時間鬆動泥壁，才能露臉。不過，已能看到竹篾條之屋總以荒廢居多，相互拉扯的居留關係哪！失去了人氣，才有見人的一天。

名片

很長一段時間不住在家裡，我爸每天忙什麼也不那麼清楚，偶爾翻到一些名片，才知道我爸又做了什麼工作。現在客廳桌墊下還壓著一張土水工程名片，細圓體加黑的「施工材料品質嚴格」標題旁，列出了我爸的工作項目與保證：

房屋增建　浴室漏水　貼壁地磚　房屋整修
樓房新建　磨石洗石子　大小工程　價錢實在

這土木工程的宣傳，還不只有名片罷了，我爸也印了許多張宣傳貼紙，可以到處貼在公布欄與電線杆上，紅底白字的「土水修改」下，粗黑字體大大寫了差不多的內容：

薄利價錢．新舊改造

樓房增建．浴室漏水

屋頂PU防水．貼磁磚

屋內墊高．隔間做磚

在追溯我爸的工作歷程中，名片上一個個文字，像是我爸另類的個人介紹。我從來只知道我爸會一種稱作「土水工」的武功，關涉房子大小事，他皆能「修理」，但裡頭盤根錯節的細部招式，總讓我摸不著頭緒，名片上一項項簡單的工作說明，解開部分招式的謎，儘管只能以文字與語言上想像，卻也是我探測對方武功虛實的方式。

談起專業功夫，我爸總是滔滔不絕，他不是吝嗇的人，擁有蓋世武功，從不會掩門隱藏，對我這樣的門外漢，他也會詳細說明。淹沒在他種種細節、困於招式之難解複雜的同時，我爸仍迭出奇招，令我啞然。當我還行走在他過往的土水生涯裡，竟又在別處找到一張販賣「掃帚、竹帚、拖把、竹竿，各種家庭用品」的名片，這雖非他全新修練的武功，但不斷翻新名片所描摹的，是一個認真習武鑽研的形象，我爸身在江湖，無時無刻，總計畫著下次要練什麼功。

印象中，我鮮少看到他與別人交換名片，我爸的名片通常連一盒都用不完，往往剩下一半，不是放在大貨車內某處，就是收進他專用的收納盒，像已失去威力的秘笈，塵封，卻不丟棄。這些名片，反映出我爸的不安，在流轉的職業生涯裡，我曾問他為何不專心做一項工作就好，他總是擔憂說著，如果賣東西生意不好了怎麼辦，如果沒有土水工程做了怎麼辦，現實逼人，從不會因人而異，所以，他必須練就多樣功夫，如蜘蛛一般鋪線織網，用以對抗大環境的潮流。每一張小卡，都可能成為重生的機會、脫身的守護神。

當我開始工作，擁有自己的名片後，總習慣讓它自個兒待在辦公桌的抽屜裡，極少抽用，到外頭與人談事，也常忘了帶出。辦公室之間的禮儀我不熟練，名片上沒有記載我會的招式，只有一個位置，一個身分。感覺隔閡。一旦離職，失去身分後，這張卡片，就只有紀念的份。

在我爸的名片裡，他是老大，沒有頂頭上司。從當泥水工學徒開始，他就厭煩受人使喚，在每日的例行工程裡，他安安靜靜，但其實心理打算著要離鄉發展，到外地學得更多更好的建築技藝。退伍後他從嘉義北上，在台北開了一家土木工程行，幫人裝潢住家，身為老闆，總要隨身攜帶名片，做事謹慎求好心切的他，人生的第一張名片不願草率，特別要求以彩色印刷，在當時可說十分先進，除了自行撰稿之外，我爸更親自設計手繪專屬標誌，穩穩泊在紙張左上角。

那張圖象徵著他的雄心壯志。紅框綠底的圓圈內，畫印一間箭頭狀的房子，房內還有另一幢房子，以立體透視呈現，漂浮。屋中屋的層遞給人異樣時空的錯覺，彷彿有房子自底層不停衍生，嶄新的面貌，隱隱應和著箭頭之下，「時代屋」三個大字。那是工程行的名。這張名片在多次的流動中，早已遺失，我爸回憶著舊商標並重繪的同時，認真解釋這名的涵義：希望能建出時代之屋，一間又一間。少年的夢想，似乎又爬到他燦爛的笑容上。

然而，我爸自己出來當老闆的事情，他第一個老闆——我阿公卻不那麼贊成。那時嘉義老家開設的家族工程行進度猶趕，我阿公幾次喚我爸回家幫忙不成，反聽得我爸堅持留在異地打拚。一天，我阿公生氣了，咕噥著要北上，將我爸的土水工具全數載回嘉義，家人馬上來電告知，我爸連夜運藏所有工具至他人家。隔日，我阿公一個人坐了四個多小時車到了台北，見我爸租賃之處，還有模有樣立起了工程行招牌，白底紅字的「時代屋」看來顯眼。一句責備的話都沒說，父子倆一同去吃了簡單的自助餐，關心詢問我爸最近的生活生意如何，要他好好做，下午，又獨自搭了四個小時的車，回家。

那或許只是一個來看兒子的理由吧，我爸笑著說，當時他想，如果真的被抓回去了，還是要偷跑出來呢。

我爸個性雖然實際，但是懷抱高度理想性的年輕影子，總會不時顯現於生活中，他什麼事情都想嘗試，開工程行、開五金行、賣衛生紙多年一路走下來，儘管成果不如他想像。幾年來看我們家奔波、直為經濟所苦惱的阿姨不時叨唸，我爸就是愛當老闆，卻不善經營，到後來也是落空，如果真有能力，好好從事一項職業，會成功就是會成功。這話與種種現況，總不斷衝擊著我，看待我爸、我家，我發現自己總難擺脫一種制約的悲傷感，感嘆的不是行於鋼索的經濟現狀，而是那種光芒漸晦的無力。這態度表明了自己的不坦然，看著那些夢想一次次誕生，萌芽，卻也一次次經不起考驗，枯萎，消匿，於是噤聲，自己在某些程度上竟現實起來，每回看到我爸新印的名片，無法抑制心裡浮出「他為什麼還要去當老闆，還要攬這些事情來做」的想法，那些失敗的回憶我比我爸更不能釋懷。為了東山再起的土水工程行，他重拾年輕的衝勁，印製了大量的估價單、契約書，與抽屜裡的名片放在一起，為此，他還特地去辦了轉接功能，怕漏接了工作，結果接到的卻幾乎是詐騙電話。

新名片並沒有帶來預期的效果。現在的他，並非老闆，也無需印名片，在家找著臨時工的工作，身分不再重要，與工頭、老闆的感情都是以天計算，一通電話，便能開始與結束。然而，漸少攬事來做的他，卻少了生氣，窩在椅子上翻著地方小報的求職欄，「徵粗工」、「徵臨時工」、「徵師父」隱藏在眼花撩亂的方塊中，必須細心。

有時我看著他，想到我阿公也曾這樣看著他，在血緣脈落中呈現直線關係的我們，交集的畫面無法合而為一，人生時序行走，產生了許多無法疊合的空隙，我體內複雜的情緒，因著桌墊下一張張名片而起起伏伏，很多時候我不知道要如何面對這些，只能放空讓一切稍稍緩步，然而，不管所處時代為何，時間總不停留，漸漸流逝，就連時間本身，也起了變化。

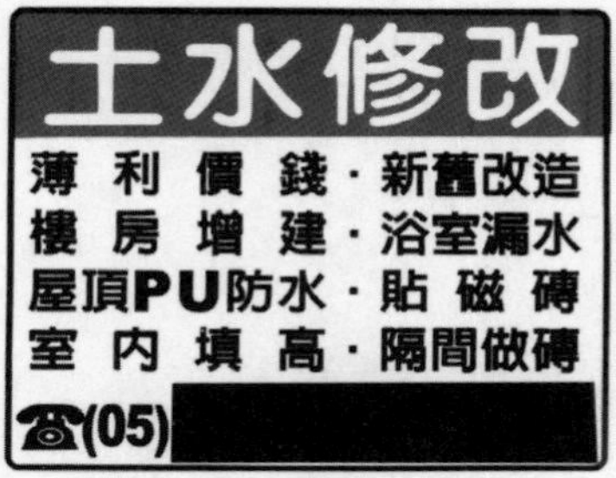

名片之外的貼紙，到處沾黏工作的想望。

電話

開設裝潢行後，為了聯絡方便，我爸申請了一支電話。

那時老家整村，沒有幾戶人家有電話，大家都互相借用。申請一支，要花上萬元不等，是很龐大的開銷，有自己的電話，幾乎是高檔人家才有的設備。

我阿公知道，並沒有罵我爸浪費，去接我爸從台北打來的電話，總有股驕傲，掛上後，跟別人說我爸在台北有電話了，剛剛就是他打來的。

什麼也不必解釋，電話代表一切，村人佩服著說你明仔那麼厲害啊，他謙虛起來笑著說沒有啦，他也只是有了自己的電話而已。

粗工

七〇年代的台北，若缺工人，都會到三重台北橋下叫喚。

那裡是臨時工的聚集地，各行各業需要人手，只要在橋下一喊，便有許多人跑來。我爸第一次去，找到一個搬木工，將他載工地，不知道後面竟跟來了三個工人，也向我爸討事做。這分明是一夥人的技倆，我爸強調工作只有一人份，薪資問題他們自行商討，四人見無計可施，只好吶吶，趕緊上工。

我爸後來就懂了，原來橋下的臨時工都是有團體的，以後再去喚人，總特別留心，確定人選，若發現有人尾隨，馬上制止。他聽說曾有一團人跟到工地，賴著不走，反而跟老闆談判，說哪些工程必須包給他們，工資得給多少。這些人面目猙獰，是地方派系角色，老闆不願惹事，只好自認倒楣。

這畢竟不是全部，大部分都是為生計打拚的一般男子，每天來到這裡，等待不確定的工作。當時那裡也是計程車的集散地，想叫車，也可以到台北橋下。

現在，這些臨時工不用在橋下等了，他們化身成一通通電話，在街頭，藍的紅的噴漆，大大的字寫著「你需要臨時工嗎？」工地若是缺人，老闆便會打電話去找一兩位臨時工，統稱「粗工」，只要在電話中說明要做什麼，搬運、泥水、打掃等，隔天必會派人來。另一種便是自己主動應徵，像我爸這樣。一般來說，自己打電話過去大多會被錄取，有經驗的人薪資便直接增加幾百元。我質疑，像這樣的毛遂自薦，沒有經驗的也可以？我爸說，很多新人做不到半天，捱不住烈日曝曬、吃力搬運的苦，總在休息時間，就偷偷跑掉了。

我爸通常應徵「粗工」一職。在工地裡，粗工的工作很簡單，通常是打掃工地，處理房子完工後續事務。不過，如果被老闆知道他的多年來的土水功夫，總會把他當成萬能幫手，一下子抹水泥，一下子測地基，甚至還當監工，巡邏多處工地。這些皆是「師父」級的工作。我爸做事認真，合作過的老闆總是誇讚，吩咐的事一向做到完美。不過他真的那麼任勞任怨嗎？哈，回到家，我爸總會叨唸一番，去應徵「粗工」就是希望工作輕鬆，工作不同薪資有所差別，總不能無上限的使用吧。

本田機車

我姊嬰兒時總不安分，特愛哭鬧，黏人黏得緊，喜愛人抱，非得等到凌晨一兩點，才肯睡去。我爸無法躺著好睡，只能坐著打盹，意識漂浮之際，一腳還晃著我姊的搖籃。

我則相反。

我是那種一天二十四小時都不夠睡的嬰孩，吃飽了就睡，睡醒了就吃，我阿姨看到我一天到晚躺在搖籃不吵不鬧，還很憂心的跟我媽說這小孩有沒有問題，怎麼一直睡。

不過幸好我好帶，不然他們更頭痛。那時我媽管五金行，我爸管工程行，這兩個小孩幾乎沒人管，只好央求我阿姨來幫忙，到後來實在不行，只好把兩歲的我姊帶回嘉義老家，給我阿媽看養，一歲的我則給鄰居照顧。

剛學會走路的我，一回自己跑出鄰居家，轉彎處不注意，一台娃娃車衝出來，壓傷我的右腳，我當街嚎啕，那哀嚎似乎可以傳遍整條秀朗路，我爸媽聽到，跑出來看到我右腳有些變形，不停冒著血，我媽緊張的哭出來，趕快帶我去醫院看診，雖然沒有什麼大問題，卻留下一個大疤痕，從腳跟到腳趾，在右腳背上蔓延像隆起的山丘。

那時起我爸便決定小孩不給別人照顧了，去工地、估價都帶著我。他騎著一台本田機車，前面有大大的油箱，雖然大了些但我仍嗜睡，他騎著車時，我緊緊抱著大油箱入眠，完全不受影響。睡過一個工地又一個工地，睡醒了，便問我爸說，還有幾個地方要去，他親切的告訴我，快了，再一下子就可以回家了。

我爸說那時我總愛跟他兜風，本田機車的油箱就是我的專用座位，在大街小巷穿梭，我會快樂的呀呀哼著自編的歌曲。可惜現在看不到這種車子了，當時年紀尚小，對這車沒有印象，即使現在想要再次抱抱大油箱，重溫，可惜身體已過了時的巨大。

黃師父

第一次見到黃師父，一九七八年，我剛剛出生。

我爸說，工程行剛開始經營時師父好請，不過念著同鄉情誼，知道有同鄉準備北上發展，必會特別聘僱，由於同鄉情分，工作起來也特別賣力，合作無間，熱切用心共求成就。

黃師父住在嘉義老家後面，來的時候，他二十出頭，我爸已開始五金行的生意，慢慢縮小工程行的規模，他是家鄉來的兩個師父其中之一。台北家中有一間空房，我還有印象，每回要到那兒喚我爸，得先走過一段黑黑的走廊，一邊是木板高架，放著松香水和油漆，一股濃濃怪味刺鼻，走到底，房內燈光透過縫隙微弱閃耀，我爸埋頭畫圖，也給他們暫住。黃師父平時就跟我爸四處走工地，等我爸離開就接手監工的工作。

週末放假，黃師父總和朋友騎著腳踏車，到萬華去玩耍。從中和出發，半小時的路程，龍山寺拜拜，吃吃小吃，接著再去華西街逛夜市，簡單的娛樂。空閒時，也會幫忙家裡五金行的生意，搬東西，整理貨物。我爸與他聊天最為投機，彼此同鄉往事甚多，三兩句就能換來開懷大笑。

同鄉一齊工作，也有遺憾的故事。每回談起，我爸仍覺哀傷，曾有一位同窗好友上來台北與他一起打拚。一回裝潢餐廳時，修理開關漏電，不幸觸電，倒在地上一動也不動，送醫搶救已回天乏術。得知消息後，我爸遲遲不知如何反應，怎麼告知同窗好友的太太，如此不幸的消息；話筒握在手中，話語卻卡住，忍著不流淚，不哽咽，但想到他還有一個幼兒等著父親歸來，還是撥不下電話。

在台北請的師父，不像家鄉親切，有的現實，有的偷懶。我爸當時接了太多工程，分身乏術，即使工人師父都到，有時也無法到場吩咐今天進度，工人閒了半天，什麼事也沒做，還領工錢。我阿姨曾到工地，見到師父帶工人在一旁納涼歇息，不肯做事，上前質問，你們老闆人那麼好，還這樣糟蹋人，做事那麼偷懶。想不到那師父更為囂張，惡言相向，我們老闆都不管了，你是誰？管那麼多幹麼？這句話惹火了個性直烈的她，拿起一旁工具，狠狠向師父打去，我是誰，我是你老闆的姊姊啦，真的太囂張了，不好好教訓不行。那師父一時氣弱，只能躲著我阿姨的工具跑。

再次見到黃師父，二〇〇五年，二十八年過後，他已經是兩個女孩的爸爸，不再從事土水業。他看著我說，那時候你很小呢，還在用學步椅學走路呢。回憶起台北生活，他皺眉思索，太多事情都忘了，印象最深是我爸媽為了兩個小孩，晨間甚早起床，晚上也是晚晚睡，每天拚得努力，辛苦，直忙碌著。

描述儘管簡單，我眼前的畫面竟鮮明。在追溯從前的過程中，這是第一次透過旁人的眼，看到我家的生活。

黃師父（中）與我們敘舊。

保力達B

老家置放工具的倉庫外，常有保力達B的空瓶，是我叔伯下了工帶回來的，在工地感到疲勞的時候，保力達B或是維士比，是不做第二他想的飲料。

我爸說，工地常見人特地前來販賣這些飲料，對工人來說喝保力達B就像嚼檳榔，酒精成分不高，不會醉，口感備受好評，有明顯的提神作用。聽我爸這樣說，我也曾嘗試喝下一口，味道挺嗆的，酒精參雜中藥味，入肚後有一股力道直衝腦門，說不上來是舒服還是發暈。

更早時，喝這類飲料，大家只拿一只小杯，淺嚐即止，現在卻把它當成開水來灌，甚至還有各種調配方式，添米酒、咖啡、養樂多，甚至加入沙沙亞椰奶，實在難以想像那種滋味。有些國家工程工地規矩嚴格，吃喝皆有限制，含有酒精成份的保力達B也在管制之中。

前一陣子，政府宣導保力達B之類的飲料不能多喝，雖然裡面飽含的維生素B群、咖啡因、中藥材可以消除疲勞，但過多的酒精成分，足以稱為藥品，多喝不見得能「保肝」。問我爸常喝嗎？他搖頭，他提神的方式是一罐又一罐的咖啡，車子裡到處可見空罐，不知他一天到底喝多少？工地裡只會出現固定品牌的咖啡，早期是小虎咖啡，現在則是伯朗、韋恩咖啡，那種曼特寧、藍山，以抒情廣告為訴求的品牌，我爸從來不買，工人們喝咖啡不是為了站在霧茫茫的異鄉，啜嘗生命的憂愁。

保力達B廣告特色，即是深入各類勞工生活，字字句句述說辛苦背後的心聲。我尤其記得其中一則，畫面交錯許多勞動實況，土水、造船、養蚵、裝潢……旁白感性說著勞工們一年來繁忙，卻彷若空空盪盪，別人也不知道自己做了什麼；我想起我爸常說的，為何沒有賺到什麼錢，他從沒偷懶不做啊。有段時間我也不能諒解，怎麼工作一輩子，每逢遇經濟問題，他總是焦頭爛額。我亟欲解決現況，與他談到金錢運用問題，討論他的理財方式，討論他的賺錢方法，愈急迫，他愈無言，一次，他突然對我說，你不要那麼現實，都是錢錢錢的。

那一刻我彷彿看清自己的嘴臉，我從來沒有走進他的生活，卻要求他滿足自己的想望，你每個月應該要存多少錢，你應該要賣掉大台貨車……但我如何去要求別人的人生呢？即使親密如我爸，他也有自己的生活態度。

書寫這些的當下，二十八歲的我還沒有正職，過年時，他走進我房裡，執意要給我紅包，突然想到廣告裡也這麼說，做爸爸的，只希望過年給小孩紅包的時候，能得到一句感恩，一年辛勞也足夠。我跟他說謝謝，滿足喜悅的他掩不住展露笑容。

很多時候，人生就是那麼簡單而膚淺，我常會這麼想，我的生活可以變得很廣告，卻也廣告得真實。每每聽到旁白說出那句：「心中無所求，做人卡自在。」便感一陣惆悵，這並非什麼深奧的道理，卻是我和我爸這些年來的相處，最好的寫照了。

屋頂PU防水

PU是一種膠性物質，通常用於運動跑道上，對於土水工來說，則用於屋頂，抹上薄薄一層，便能防水。

小時候租賃的小房子，下雨時屋內也隨著滴水，家裡大小臉盆全出盡，還是有漏網之處，只能用抹布吸水，之後才知道我爸原來懂得防水之道，納悶著他怎麼不做處理，他只是淡淡的說，雖然住在這裡，到底是別人的房子。

之後有了自己的房子，儘管不漏水了，但是夏天熱得很，家裡沒冷氣，電風扇開再強也絲毫無助於消暑。一天，我爸買了許多大型保麗龍板回來，把我們叫到頂樓，他以同樣的原理推敲，只要能隔熱，二樓就會涼快許多。整個下午，我爸領著家人，將一塊塊保麗龍固定在頂樓地板，我媽一邊幫忙一邊生氣，說這方法絕對沒有用。完工後，一整層大的保麗龍看來也壯觀，脫了鞋在上面踩著，像是露天冰宮，腳下一片白，我爸說這樣還行防水，什麼問題都擋住了。

或許是真的有用，還是心理作祟，一想到樓上有了保麗龍板，總覺得涼了些，但我媽還是不時喊熱。這些板子禁不起風吹雨淋，幾個月後，它們開始分解，破洞處處，原本連接的四角已經分裂，加上沙塵沾染，顯得骯髒，但原本黏貼的地方卻仍緊密，固執的萎縮著，想要整個剷除，也沒有辦法，後來只能任其發展，等著冬天來天氣自然就冷了。

師仔

學徒的台語叫做「師仔」，每次聽到都不太習慣，感覺與「師父」很像。不過從「仔」到「父」，正如同字面，由小孩長轉成大人，變一個音，可要經過一段時間磨練。

在正式當「師仔」前，我阿公會讓小孩們上「先修班」，年紀太小，不搬過重的東西，怕「煞」到長不大，只需簡單了解整個建築流程，幫忙組織一些竹材架構即可。最常做的是浸磚頭，將紅磚泡在水裡，注意時間，磚頭泡飽了吸水夠多，砌磚才會牢靠，沒有泡水的磚頭，不耐敲，一用力就可能碎開。

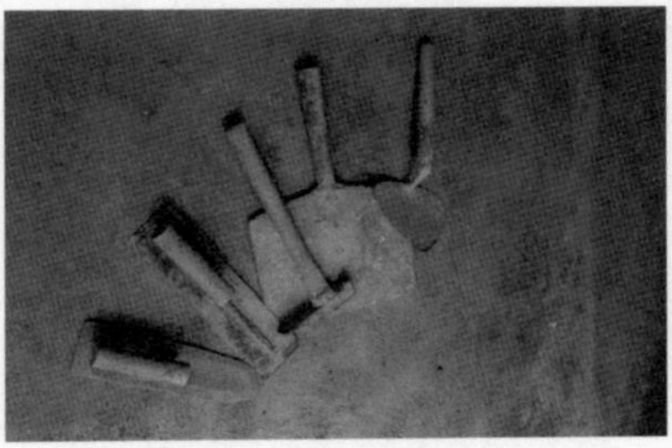
土水工具

鐵腳（台語）鋪地面大磁磚用

魯台（台語）切磁磚大小用

國小時，他們就會在工地溜達，觀察我阿公工作步驟。我爸還記得某回到工地，剛好碰到良辰吉時，大家把結構好的竹架慢慢豎起來，意味著完成房子的骨架，稱為「一戶硬體」，一戶人家，這時，還要開桌拜拜，整個儀式稱作「舅樑起壁」，如同誕生新生兒一般喜悅，中樑上要安裝八卦圖樣，也就是神明廳所在，表示這房有了精神，神靈保護。這一切一切，看在我爸眼裡，是新奇，也是學習。

直到十五歲，我爸才成為正式的「師仔」。日子轉換得相當簡單，我阿公淡淡的告訴他明天早起一同出門，他就知道自己到了負擔家計的時候了。天猶昏暗，吃完早餐，他和我大伯拿著簡單的工具，踏在我阿公的影子上，走往村裡工地。我爸沒有什麼特別的情緒，這個「第一天」沒有新鮮的意味，彷彿他出生那一刻起，就是等著今天到來。

起初，還是簡單的工作，篩子甩沙堆，揀出可用的鵝卵石，被大人一喚，便搬磚塊爬上高高的竹架，給泥水師父，空檔時將棉紗與白石灰相摻，攪勻，讓師父粉刷牆壁。這些都是泥水工中「小工」的事務，熟練了，便可以參與建築工程。學習到砌磚功夫，已經是一年後的事情，許多師仔砌磚，總是水泥厚度不一，整面牆完成看來坑疤不齊，那時教他的是我三叔公，要他先將要豎起的磚頭算仔細，然後置中交錯，重點是水泥要勻平，邊說邊示範，那力道該如何取捨，所有縫隙應整齊劃一，再將紅磚輕置。我爸一開始也抹得不好，常擠出水泥，我三叔公要他勤練，久了即得訣竅。

基本上，我爸還挺有天分的，學了兩年，手藝已可出師。回想當師仔的過程，我阿公總是不苟言笑，進行新技術時，便喚我爸兄弟來看，通常只講一次，就得牢牢記得，不是教室裡老師笑容滿面循循善誘，說著不會再練習一回沒關係唷的溫和，說過了不會，我阿公便大聲怒斥，有沒有好好在學啊，有時兄弟們上工時聊天嘻鬧，我阿公便會一腳踹來，要他們安靜。這個師父，對孩子相當嚴厲，學技術不能偷懶，每一步都要扎實。我爸如今說來仍有些餘悸。

當時能生活下去的辦法不是一本本的書籍，而是在手的技藝，我阿公的建築功夫，許多人想學。夜晚時分，家裡總有人親臨拜訪，客廳的座位是我阿公與客人，不是村裡的朋友，便是親戚，我爸在走道旁看著，話家常後客人便向我阿公拜託，讓他們的小孩到工地學習。通常我阿公都是委婉回絕，客氣說著工地工作不多來學也沒事情做，可以去問問別的工地啊。

當然，那回絕是帶點私心的，我阿公只想要傳給自己的小孩，這是家族獨門的功夫。不過，也曾答應過幾人，若是吃得了苦的小孩也是願意教授。曾經有兩個遠親小孩來過工地，我阿公要他們邊看邊學，只是那小孩沒有任何經驗，對工地的一切皆陌生，很多時候，只是站在一邊，插不了手，我爸會叫他們過來，教他們怎麼抹漿，告訴他們怎麼攪拌石灰，我阿公沒有阻止他，似乎也默許他是個師父了，能夠為疑惑的師仔的眼，解開迷霧。

退伍後上台北工作，他所屬的建造行老闆對外宣稱，只要學費五千，三個月保證出師，我爸嗤之以鼻，那根本是騙人的，學技術得要慢慢來，果然，這個師父拿了錢，並不用心教導，後來竟捲款潛逃，留下一堆錯愕的「師仔」，但台北花花世界，機會的蘊藏處，還是吸引許多鄉下小孩。村裡的年輕人知道我爸自己開了公司，覺得自己人安心，常打電話詢問可不可以來當「師仔」。我爸大多答允，家鄉年輕人便帶著棉被枕頭，坐了長長的車，到秀朗路的工程行報到。他是師父，但更像父親，負責這些人的生活起居，煮飯餵養，還把整個二樓讓給他們當臥房，平常給零用錢，假日時讓他們出去玩。一些愛逞凶鬥狠的傢伙，我爸得管教，愛喝酒、生活習慣不佳的小孩，他也要好好懲戒。每天得等大家都沉沉睡去了，才能回到小小的閣樓，扭開檯燈，畫著下一個工作的設計圖，那時夜多深了，外頭沒有聲響，除了青蛙嘓嘓。偶爾看到月光皎潔，摸了摸發痠的脖子，發呆半晌低頭趕稿，一想到明天也得早起做飯，喚著賴床的年輕人起床，時鐘滴答行走，他的筆又加快了。

打鐘卡

記錄像我爸這樣粗工的工作時數，是一張張的打鐘卡。

他下工回家，會把打鐘卡放在客廳桌上，厚厚一疊，是半年來工作的紀錄。交給老闆前，他總會影印一份在身邊，然後用夾子收整好，隨身攜帶，如同收藏這幾個月的所花費的時間與走過的腳步。

打鐘卡的規格，就是粗工一天的時間畫分。打鐘卡共有兩面，每一面頂頭，得填寫姓名與年月，一面可記錄十五天，每一天共分為上午、下午、加班三種時段，每一個時段列有上、下班的時間。我爸說，大部分的工程公司都是十五天給一次錢，填滿一面時就可以拿給工頭檢查算錢，底下備考欄裡，通常都是另一個字跡，一天工資乘以天數，再加上加班一小時二百元，像是什麼事件的結案報告一樣，然後翻面，追查新的案件。

他不是正式員工，不能用公司內的打卡鐘，咖嚓，打印空格無法顯示機器單一規格，卻顯露了我爸謹慎的個性。在打鐘卡上，他專心而詳細記錄每天工作的地點，字不出格，今天的工作不會潦草到昨天或明天去，安妥地躺在時間的格線裡。通常是建築物的名稱，或是路名，然後便是他的工作項目，「御墅品清三樓板（土腳）」、「A清浴室、陽台、後陽台、夾板、鋼釘」、「C棟基礎、A棟清土腳」、「消防局，MB透天，MB5，透天，測量、地坪」，每天的生活化約成簡單幾個關鍵字，一些用詞，必須以台語唸過才了解，有些則是我爸才懂的專有名詞。我曾問他，但一個專業總會引出另一串的專業，我睜大眼睛想要拼湊他的工地圖象，但好多時候，雙眼看著他滔滔不絕，腦子裡的大樓卻蓋不起來，他的語言與我的想像能力，在經驗的溝渠上還是有不能跨越的限制。

我還是熟悉在文字中尋找他的身影，幸好我爸也是愛書寫的，他覺得事情記錄下來一切清楚，從以前的記事本到現在的打鐘卡。我特別注意他寫著自己加班的原因，是每天規律生活的出軌。我爸最不喜歡加班了，但工程一忙總不能脫身，超時工作得說明原因，凌晨六點提早喚來上工，工地卻沒人，我爸寫上「0.5W，等開門」，「挖地下室放樣收尾，沒午休晚做到六點，2.5W」，「灌地漿七點下班，2W」，有時還用自己的功夫替顧客解決疑難雜症「春珠老師捉漏加1W」，這些工作片段，像閃爍晃動的影集，過時播放，通常他凌晨六點多就出門了，回到家整個人疲累得窩在客廳椅子上，電視亮著，他低頭打盹，卻又不願意立刻上床睡覺，如此偷著短暫的愜意時光。

打鐘卡上印寫的「攷勤表」總用「攷」這個古字，「丂」像個拱背彎腰的人，「攴」的原意即是拍打，象形的推想，彷彿是一個不停被催促的人，必須要彎腰工作著。不工作的時候，那「丂」終能拉直，我爸會將那天的格子畫上長長一條橫線，他什麼都不用寫，也不用想，日子不被格子框架，那一條線打破了時間的規律，他可以安心睡覺，快意煮食。他主宰一天。

攷勤表，是時間劃分者、紀錄者。

扣繳憑單

近來我爸離開了一間工程公司，說到那老闆總是一肚子火，他在那裡做了好幾年，卻一直都是臨時工的身分，只要不是正式職員，老闆就不必幫他們保勞保，我爸總氣呼呼的喊著，哪有人做十幾年都是臨時工的。

從我爸的抱怨中，才了解到老闆與臨時工之間的經濟關係，自成一套緊張又撲朔的規矩。老闆總是對外大聲嚷嚷，哪一個工人跟我借錢，我明天就叫他走路。這裡的借錢，正確說法應是預支薪水，許多臨時工總是私下抱怨，甚至離開。我納悶老闆不借錢不是理所當然嗎？我爸突然嚴肅的跟我說，老闆本來就有應該幫臨時工紓困的義務，這是工作道義，從以前就有了，臨時工的收入不穩定，確定是長期工程之後，老闆應該可以通融協助。如果拿了錢就跑呢？我爸說當然借是有一定額度的，又強調這是工作道義，彼此都不會違背。

老闆的良心，也看在所得稅上。還記得前年，我爸第一次拿到薪資扣繳憑單，繳所得稅時唉聲連連，收入不多，還要繳幾千元。這家公司總把每一筆薪資清清楚楚上報，連他們這樣的臨時工都得往國稅局報到。這是臨時工界內的無情行為啊，我爸這麼定義。好一點的公司都會把這些工資吸收，由公司承擔，臨時工便不用報稅，以免在繳稅時還要苦惱，畢竟有很多人都是有一天沒一天的，收入不穩定，家裡花費不充裕，難有什麼儲蓄啊。

阿典

一個負責認真的「粗工」，若是被老闆看上了，成為固定聘納的工作同仁，這時便改稱為「組工」。

雖猶是臨時工，但顧名思義，已視為同組員工了。

這幾年上班的營造公司中，加上我爸，共有三個老組工，都是工作三五年以上，認識也深。其中有一個叫做阿典，跟我爸的感情最好，上工時愛打屁，跟我爸你一言我一語的，兩人總愛互相挖苦。

每天一見面，必要上演如此戲碼——

阿典：啊，今天心情差，麥做啦，翹班啦。

我爸：好啊，麥做啊，來行。

或是——

阿典：走啦，做得不爽，來，阮來跳槽啦。

我爸：好啊，跳槽啊，來行。

不論這戲怎麼搬演，結局永遠是這樣——

阿典：啊，想一想，來攏來啊，還是給他做一下好了，麥激動好啦。

我爸：啊，你無膽啦。

阿典的嘴巴跟手腳一樣勤勞，拿著掃把，拿著托泥板，拿著鋼筋，不管拿著什麼，也無法擋住話語從嘴裡跑出來，如同一架收音機，不斷播放著現在心裡的想法。但收音機可以關起來但阿典不行，有些同事受不住，大聲叫他暫時安靜好不好，可是這暫時不到一分鐘，免用電池馬上又能儲備能量。阿典的節目內容大多是黃色笑話和政治激辯，走向普羅百姓的風格。他常講一些不三不四的東西，然後自己吱吱吱笑起來，不然就是批評政治現況，遇上支持「綠」的工人，一點也不嘴軟，捍衛自己百分百的「藍」，開始辯論現在哪個政黨好，就算面對「深綠」的老闆，也不害怕。

工地上若有消息流傳，必千叮嚀萬交代，別給阿典知道，不然整整一個星期，都會成為他廣播節目的新內容。他常跟我爸抱怨老闆，整區建工結束前，在最後未灌漿房的頂樑上，習慣上會特別置放短鋼筋一支，俗稱上樑，表示工程即將圓滿達成。這上樑鋼筋兩邊綁有紅緞帶，要先進行祭拜，求福氣，而後解下絲帶，派一個員工攀過根根鋼筋，放於中樑位置，阿典身手俐落，往往是這個任務的執行者。一般習俗，老闆應給紅包討喜氣，但他們的老闆總故意跳過。阿典爬下鋼樑，便跟我爸叨絮，真是小氣，然後又上演慣常戲碼，吵著換公司，我爸還是老話一句：你無膽啦。

聽說阿典在家裡可是極其安靜的。原因是多年前他曾經與一個理容院小姐發生曖昧關係，東窗事發，老婆帶著小孩到理容院去人贓俱獲，從此阿典在家裡的地位一落千丈。沒有工作的時候，老婆催他出去找，別一天到晚待在家裡，阿典便到公園老人會坐著，看老人下棋，中午自己買便當吃，下午再繼續看人下棋，不然就去田裡，黃昏時回家，好像忙了一天似的。

阿典有一個怪脾氣，在工地裡也是出了名的。他不愛吃便當，偏偏午餐大多訂便當，同事們常說，啊，訂哪一家便當阿典都會嫌啦。他覺得便當菜色不好，口味差，然後可以走上一公里長長的路，只為了麵一碗。我曾見他一次，像個老頑童般，身材中等，活蹦亂跳，似乎有用不盡的活力。見我爸來話又是連珠炮炸開，我爸說他下工回家，還能到田裡去忙到七八點，一點也不覺得累。那天他們找了另一個同事聊天，三個男人在田邊穢言盡出，抒發工作上種種不滿，那話語像是有形象，黑色巨大陰影，飛竄到空中，先是糾結，風一吹過，竟漸漸散開。

我很少看到我爸這樣，他不許我們罵髒話，在外頭遇到挫折也不太主動跟我們講。相較起我爸的壓抑，阿典的嘴巴是抒壓的窗口，不隱藏情緒，我爸雖然笑他多嘴，但也跟他多嘴起來，說著說著彼此開懷大笑，彷彿什麼事都得到解決了。

阿典喜歡打電話聊天，即使我爸現在離開那家公司，他不時還會打來調侃我爸，往往一講就是一個小時以上。說到這裡，倒是要感謝他了，現在拿起電話聊天，我爸再也沒有立場，怒沖沖站在門口批評催促了。

單輪推車

看到單輪推車總會想起我媽。

國中時，土水工程景氣正旺，我媽覺得我爸擁有多年好手藝，若不把握時機實在可惜，直要他多跟一些營造公司，多接一些工程來做，也吵著要來工地一起做工。

你不習慣的啦，工地很累。我爸說。

不會啦，我可以。我媽堅持。

他們回到嘉義來，與三叔一同做工程。土水女工的工作大抵是勻攪混凝土，運推車，拿長托板遞水泥給師父。我媽的確不習慣，這些搬重的工作對她來說過於吃力。我想到我媽戴著工程帽，推著單輪推車的模樣，那時她必定是咬著牙，在凹凸不平的地上辛苦維持平衡。我爸說，我媽容易將車翻倒，有時他還能來幫，但很多時候，他忙著自己的進度，只能看著她走沒幾步就休息，旁人不免有些碎唸，又沒有很多怎麼都抬不起來呢？這樣花太多時間了。我媽不發一語，還是努力往前推。

沒多久，我爸知道我媽不行，身體出了狀況，每天被人唸罵，心情也不舒服，便決定回高雄去。那時我在嘉義念書，借住老家，只記得他們要離開的那天下午，我從午覺中被喚醒，我媽聲音有點低沉，蹲在床鋪旁邊跟我說他們要回高雄了，現在想來那字句都有些感傷，一個一個字特別清楚。我媽離開房間後，我只聽到我爸貨車轟隆，漸遠，一會又沉沉睡去了。

失夜

那天晚上天氣悶熱，月亮從山尖爬出的時候少年W正等著最後一道菜上桌，廚房裡抽油煙機嗡嗡作響，阿嬸穿著一襲藍布絨裝繫上頑皮豹圍裙，鍋鏟在空心菜間來回，飯桌上吊扇切開天花板的光線，忽明忽滅整個餐桌像在晃動。

這時客廳裡擠滿了人，新聞主播一口大嘴播報著高雄大火台北竊案，大家或坐或站，閃動的螢幕不時出現雜訊，清楚的畫質偶爾會出現幾條黑色的線，從主播臉上狠狠畫過，但沒有人注意，大家眼睛盯著電視，像小孩子看到零食，一動也不動。

少年W是其中一員。剛剛有人拿出了彩券準備對獎，氣氛稍稍熱絡起來，阿伯與阿叔開始討論數字的奧妙，以及人工選號與電腦選號中獎機率的高低。近八點螢幕一邊出現了幾個旋轉的小球，主播對著鏡頭開始唸號碼：「這一期的樂透正在開獎，開出的號碼是……」一陣陣驚呼和惋惜，「啊！這一號我本來要簽的……」少年W知道現在許多地方也像這樣，所有的歡呼和嘆息如同某種聲音嘉年華，引頸相盼的渴望貫穿整個島嶼。

然而，最後一道菜遲遲尚未上桌。

氣象報告說北邊大晴南邊豪雨，正說著外頭便滴滴答答落起雨來，打在外頭的石棉瓦頂上如悶雷。大夥不約而同看向窗外，大伯母起身倒了一杯開水，剛剛洗完澡的頭髮還淌著水珠，略捲的髮型平貼背部，剩下一點聲音尚在討論開出的號碼，慢慢的，那熱度隨著沒有中的彩券，降到垃圾筒去了。

沒有人說出來，在昨天之前，如果下雨了，一定會出現這樣的對話：「落雨了，王先生那邊的還沒做有完欸！」「混凝土才剛剛調好……」少年W正待在一個「土水家族」的客廳，從經濟起飛的當口，外頭的大貨車就開始每天來往工地的生活，載裝磚頭、鐵盆、水泥、混凝棒……大大小小工具，生出一幢幢樓房。那時的繁榮樣貌少年W還記得的，阿叔每天在家裡與他人談契約，一到吃飯時間湧進的工人充塞整個房子，少年W總是等到大家都吃完了，才和幾個堂兄堂弟圍桌分食剩下的飯菜。

少年W也曾去工地看過，阿叔在一處、阿伯在一處、大伯母在一處，掌管大局，忙得不可開交。那時阿叔說工作太多了，只好把一些讓出去，多年後阿叔卻感嘆工作怎麼不能分期付款，每次來一點。近年來房子似乎建得太多了，發展的腳步被這些房子絆住似的，黏滯不進，少年W的親戚看著外頭的雨，又重回電視上，沒有人擔心這場雨是否會下到明天。

最後一道菜怎麼還沒上桌呢？

真的沒有人擔心。大伯摳摳腳趾，阿叔捲起白色內衣，八點檔的「芭樂」劇情依舊我行我素，沒有人把心放在上頭。少年W看著他們，眼睛出了神不知走去哪了。桌上沉甸甸的帳單和貸款單穩穩占據一角，阿叔抽了口菸，白煙在出口的瞬間就散去了。大家心裡想著明天要去哪裡，就要開始一個長長的假期，以前總愁著沒有機會好好休息，但現在下一步在哪又有點遲疑，少年W所待的客廳正隱隱流過疑慮和困惑，問號掛滿整個天花板。電視上女主角對著男主角大吼你都不愛我，接著一個巴掌打下去，啪的一聲，接著大家眼睛都睜大了，「真打欸！」阿叔回過頭來笑了笑，一臉驚訝。

這個夜同樣的在一個節目又一個節目中度過，跟以往一樣，除了剛剛下了十分鐘的雨之外，一切平常的像公式運作，帶入代號，答案就出來了，然後吃了飯，再轉個幾台，隨著罐頭笑聲嘻哈，準備上床睡覺了。等著四周靜下來，星星愈來愈亮，月亮走到西邊還不願離開天空；等著雞啼了，天微微亮起，開始有人聲、車聲和混雜著一種日子開始的味道……

但是，最後一道菜還沒有上桌呢！鍋鏟聲不停傳來，像是持續了幾個世紀一般。大夥沒有意識，一直等著，這一夜，就這麼過去了。到了夜深，少年W才發現，大家在今天，都失去了一個夜晚。

大屋

二姑娶媳婦時，我爸五兄弟聚在一起，伯母、嬸嬸坐於側，連尚未結婚的五叔，也帶了女朋友，飲食之間，彼此話家常，從我表弟的衣著談到台灣的農漁業技術，甚至連《斷背山》得獎也能進入話題，四叔維持一貫風趣的言談，不時逗樂整桌人。由於都是至親，不必假裝客氣，菜餚一來，筷瓢全上，每道菜吃得精光，一桌都是大人，卻連蛋糕冰淇淋也不剩。

這是難得看到的畫面。坐下時我發現，沒有任何尷尬在其中，彷彿回到過去的年節時光，親人回到嘉義老家，一起圍爐，小時候我總是特別期待這一刻，年夜飯時大人會把火鍋搬到神明廳，五兄弟的家眷、小妹團聚圍爐，廳堂不大，擁擠中洋溢濃濃人情味，一年不見的親人，在此刻問候近況，小孩子則在興奮的吃完年夜飯後，乖乖守在廳堂，不想漏了哪個長輩的紅包……

那時祖厝還是傳統的磚造轆轤把式建築，老房子在時代的變遷中更顯溫暖，祖先牌位供奉在前，似乎也參與了這一年一度的盛宴。幾年前，景氣正好，我大伯與阿叔的工程承包生意應接不暇，收入頗豐，決定將祖厝改建成大樓房，完工後兄弟不用再與各自的家人同擠一間房，每戶都可擁有一層樓，寬敞。大家以自己的專業，三叔繪圖、大伯監督施工，一點一點向上築起。改建的過程我沒有印象，只是一年回家團圓，祖厝突然變成一幢七層的豪華大廈，聳立在幾乎是三合院的小村裡，外牆是白漆，邊緣貼有紅磁磚，門邊鏤刻燙了金字的春聯，書寫春夏秋冬的吉祥話。神明廳遷置頂樓，可以俯瞰整座小村。

祖厝的變身彷彿演繹時代的流轉，以往舊廳堂中人聲鼎沸的年節氛圍，似乎也被這陡然擴張的水泥空間稀釋開來，愈來愈淡的節慶氣息也預示不久之後的蕭條與崩毀。

我其實不喜歡這幢大屋，總懷念那破舊的轆轤把。每間房都相通，人多時，只能分成男女各一間，大夥擠在通鋪上。黃昏，小孩要去燒柴火煮水，只有一間浴室，當然沒有蓮蓬頭，狹窄，把水注進塑膠桶子，自行混合控溫，長年未乾的水漬，已成永遠不去的霉斑，偶爾還有大蜘蛛結網盤據，但我們與牠互不侵犯，這樣過了一年又一年。廚房有大灶，熬煮大鍋菜常使用，煙囪穿頂通天，像房屋支柱。廁所設在室外，一般蹲式馬桶，阿媽則在房後放了一個大木盆當尿桶，異味刺鼻，總有小蛆在邊緣蠕動。盆子快滿了，她就拿去澆菜園，我爸和他的兄弟姊妹，就這樣被拉拔長大。

當然，在那時，所有的事情都是無預警的。日後大環境衰敗，家族經營的土木工程行生意出現危機，開始無法償還為改建所借的貸款。這是從來沒發生過的事，大家慌了，大伯和三叔原本的夥伴關係，起了嫌隙，互相怨懟，最後終於翻臉，同住一個屋簷下，卻執意各自開伙，一家在樓上，一家在樓下。過年時，三叔一家人再也不來圍爐，寧可待在三嬸娘家。人少了，客廳與飯廳卻變大，這大屋讓大家擁有更多的空間，只是大到我們難以掌控。

銀行寄來的催繳單四散客廳，積了厚厚的灰塵，沒人能清理。債台高築，這幢大屋終究難逃法拍的威脅，五叔每每想到此事，總是感傷，從小到大居住的所在，若真被人買走，生命中什

頹圮的舊厝鐵皮補牆

祖厝內部中樑

麼東西也隨之消失了。這幢房子連結家族情感，卻也考驗家族關係。

我爸一向重視家族聚會，常要我回家。所謂回家，就是回到這幢大屋來，彼此噓寒問暖。但，這能證明什麼呢？看似平靜的大屋早已暗潮洶湧，他卻毫不理會，定期返家、與家族一同度過重要節慶理所當然，這觀念不容挑戰；一次中秋節堅持不回來，過了幾天，我爸怒氣未消，竟特地來電責罵哪有人中秋不回家的，話筒另一頭的我沉默不語，不做辯解，儘管身邊外地的朋友，沒一人回家過節。

諸多的理所當然，正如我問他，沒有想過不做土水師父轉行？他驚訝地說怎麼可能，那個時代，一切都是這樣，兒子繼承父親的手藝。從小，他們就開始在工地學習，大小雜事都得會，五個兄弟，接受同樣的訓練成長，家傳技術成了一種辨別，確認彼此關係的方式——另一株家族樹，即使有人出外了，轉業了，這樹仍舊繼續茁壯。國中時，曾見五兄弟全回家做工的景象，或許是出外發展不順，或許是為了好好攢錢，家裡的土水工程是永恆不變的港口，等著遊子歸鄉；無法獨自進行的工作類型，需要的是一整個團隊，大家同心齊力建造一幢又一幢的房，似乎是天生賦與的任務。

我想到我阿公，他或許就是期待這樣的畫面，他的血液，他的手藝，還一直活著。

有一年暑假，我爸一大早喚醒我，要我到工地看看幫忙，我堅持不要，之後幾次叫喚，我依舊不肯，他便放棄了。我爸說只是想讓我了解怎麼建房，但對於這樣的勞動工作，我沒有學習的意願，堂兄弟中，也只有我不曾戴過工程帽，不曾踏進「工地」，這塊串聯家族的特殊場域。

如果一開始學功夫時，我爸也這樣對待阿公，他肯定難逃一頓毒打吧。

筵席中，伯母突然講到，家族功夫似乎都沒人承傳，只剩我一個堂弟，在建材行上班較為相近，其他則有各自的發展。眼前的祖厝，在我們這一代的眼裡，只是一幢樓房，不是專業，看不透箇中技巧變化，無法測量，無法架構，畫不出一張設計圖，如果結構出現問題，只能去請另一家土水行來處理。然而，我們的上一代，即使遇到時勢無情變化，仍奮力澆灌家族樹，尋求生長的可能——還是慣常的土水工程，才能讓他們緊密連結。每當我爸失業賦閒在家，大伯若是尋得臨時工，總會打電話邀我爸同去，兄弟倆彷彿回到剛學技術的樣子，只是如今不住在同一間房子裡了。

筵席主人二姑一臉喜悅，來往忙碌招呼客人，連和我們好好說句話的空檔都沒有。重情分的她，至今仍難接受家族齟齬，得知三叔不一起過年有些難過和氣憤，不願面對不圓滿的事實，甚至連初二回娘家都逃避，只有如此，她才能繼續保有她心中一整個家族的完美和樂。以血液和手藝灌養的家族樹，此刻正危顫顫搖晃著，有時我質疑自己書寫的意義，這卻也是我唯一能貼近家族樹的方法，儘管依舊相隔大段距離，但其中無法跨越的侷限就如翻新的大屋，改變了時間，取代消逝的轆轤把。

大屋的客廳掛著大伯結婚的照片，照片裡五兄弟三姊妹還年輕，阿公阿嬤安靜的笑著，他們倚著背後的轆轤把，看著今天這一幢大屋。聽我爸說，原本的轆轤把，是我阿公親自築起的，他帶著工人們，架起一根根竹篙，砌磚，疊瓦，然後帶著妻子小孩，遷住這棟在當時算相當氣派的竹篙屋。照片底下有一段文字，記錄著吳家兄弟們如何胼手胝足，將舊房子改建成如今高級雄偉的大洋房，末段是一連串祝福語，希望祖先祝福，庇祐大家。

希望祖先祝福，庇祐大家。

我爸的工作記事本。

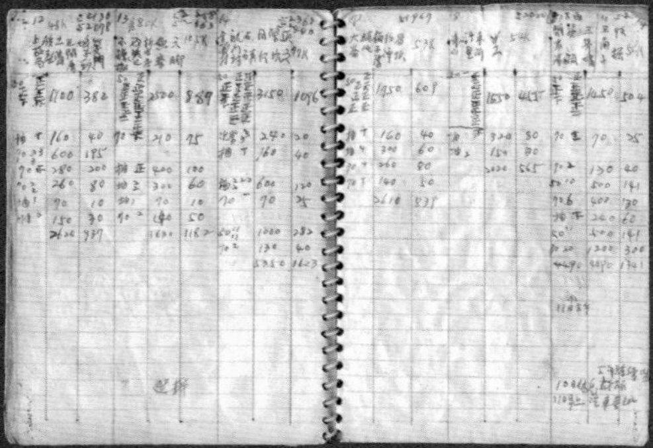

我爸每天的工作與家用紀錄。

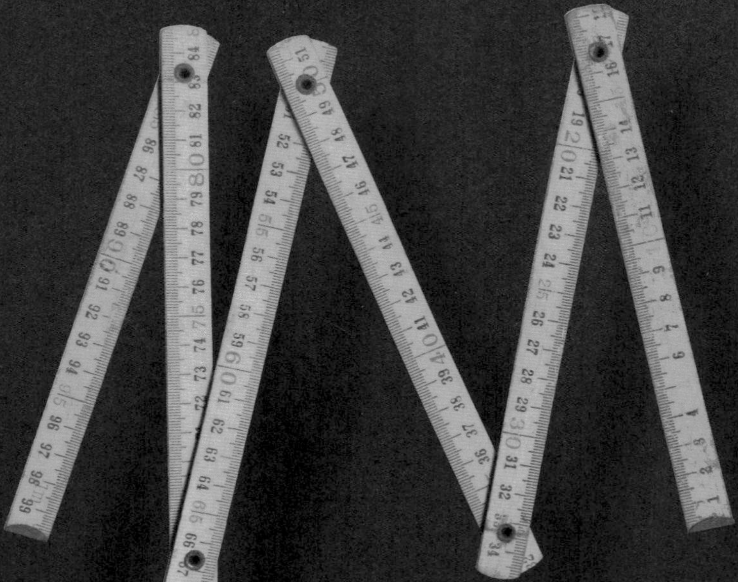

50

卷三・軟磚頭

方向盤在手裡，
我不習慣。
其實我是怎麼都無法掌握這台車的，
窗外的風景走得緩慢，
彷彿是被後頭沉重的衛生紙拉著了……

賣衛生紙的

我爸的另一個名字叫做「賣衛生紙的」，我小時候就知道了，倒是他真正的名字一直到我比較大的時候，才記得。

這樣說來也不對，其實別人也是「明仔、明仔」的叫，但是這名字卻像塗滿滑油似的，輕易溜出我的腦子，構不成任何意義。只有「賣衛生紙」這詞，才能在我腦子，繪出一個輪廓。

怎樣才是賣衛生紙的人，我不知道，但我總想那絕不會是我爸。我爸雖然不高，但是穿起西裝的樣子還挺有模有樣的，那是我第一次在照片中看到他的樣子，旁邊是我媽披著一襲美麗的婚紗，他們手上拿著一條白色的毛巾，我甚至可以想像我爸幫我媽拭汗的畫面，這對璧人將會住進華廈美宅，男主人將提著公事包，每日在城市的高樓裡上下班，體面得很。

但是，我爸卻常窩在車子裡。脫去了西裝，他再也沒穿過。他擁有一台貨車，上頭載滿了東西，百分之八十都是衛生紙。

雖然我爸說搬進小港的時候，我們家還沒有開始賣衛生紙，但從我有印象開始，我們家樓下就像是一個黑漆漆的黑盒子，燈一打開，一個個大箱子疊高到天花板，靠著東邊的牆，裡面是一串五包的衛生紙。每天晚上，時間一到，我得下樓關燈去。那是極為恐怖的一件事。樓下平常亮著燈就已夠嚇人了，沒規律的閃爍，像充滿邪氣的眼睛虎視眈眈。我總在二樓窺探許久才肯下樓，那該死的想像力卻在此時發揮極限，殘殺地球人的外星怪物和陰司攝魂小鬼紛紛出籠，連日本人頭蛇身女鬼都出來打招呼了。加快腳步，看準開關，準備以不到一秒的時間關燈轉身上樓，但該死，一切總無法如願，沒摸著，急著在牆上亂敲亂打。瞬間，四周暗了，啪踏一聲沒命往上跑，但距離怎麼加倍了，一秒跟一分鐘同樣長。喘吁吁逃回樓上，我爸只是冷冷丟下一句：「有什麼好怕的。」

或許我爸就看準我這點，順勢下令沒事不要出門，鐵門深鎖，說是樓下都是貨物又黑暗，危險，如果把門打開小偷來了都不知道。下課回來，只能乖乖待在樓上。很長一段時間，所謂「外面」就是三坪不到的陽台，在上頭拍球、吹泡泡、玩飛機，但更多時候，我蹲坐在欄杆間的小空隔，伸出兩隻腳懸空，看著鄰居在底下玩遊戲，閃電滴滴和土地公土地婆，他們喚我，我只能搖頭說不行，好幾次跟我爸抗議，但那「買衛生紙的」的爸諒我沒那個氣力捲起鐵門，還故作開明狀說隨便你啊。

成為一位「賣衛生紙的」的小孩，首要學會的，便是這兩件事：不怕黑、不怕孤獨。但我始終搞不懂，於是呶喃著為什麼自己的家總是和別人不一樣，人家一樓是窗明几淨有落地窗和大酒櫃的客廳飯廳和廚房，我家卻是灰塵滿布天花板垂著蜘蛛網裡頭堆著一個個大紙箱。下課回來，只能在箱子間的空隙找到上樓的路，當然，還外加一些刺鼻的清潔精，每每上樓前，總會嗅到一股味道，一個噴嚏，啊，怎麼歡迎我的，淨是這些東西哪。

我當然無法像廣告裡那隻黃金獵犬一樣，在衛生紙堆當中跳躍奔跑，還那麼幸福洋溢。但我家倒是不會有什麼缺少寢具的煩惱，我爸習慣睡在衛生紙上，比枕頭還舒服，有段時間，全家還真的睡起衛生紙來了，打開一串衛生紙，每個人分幾包，習慣睡高的墊兩包，翻來覆去並排放，但我抵死不從，硬生生睡在木板上，我爸說，這樣頭會扁，但我才不管，於是現今的扁頭樣誰都怪不得。

是嗎？我敲打裝滿衛生紙的箱子忿忿地問。童年時光總是與這些柔軟的白色紙張糾纏不清，實在不懂我爸怎為何放著這麼多好工作不做，在台灣經濟瘋狂起飛的當下，選擇開宣傳車，沿街大聲播著廣告詞兜售衛生紙：衛生紙、衛生紙，一串五十元，不給中盤賺一手。每當有人問我我爸在幹嘛的時候，我遲疑一陣，然後說賣東西的，笑著，我最痛恨不識相的傢伙再問下去，賣什麼的？我支支吾吾回答：衛生紙，而同時，我知道我們腦中浮出的是同一個畫面，一個身體佝僂的老人吃力的踏著腳踏車，後頭擺著幾串衛生紙，沿街叫賣，他的衣衫襤褸，除了賣衛生紙外，他可能還會到垃圾堆撿破爛。我知道我爸不是這樣，正要解釋之時，那人卻不問了，硬生生打斷我的話語。

見到我，村裡的人就會說：「喔，那個賣衛生紙的兒子嘛！」這個稱謂比我的名字來得有用——「賣衛生紙的兒子」，走到哪沒人知道我的真名，但這聽來多奇怪，總是在人褲底來去或嘴邊擦拭的清潔用品，竟成了我的代號，知道家裡賣衛生紙，鄰居還順道要我拿幾串來賣，或是託我轉告，他家缺了多少衛生紙。這稱號我不願意擁有，但我爸可得意的，逢人就介紹。這是我兒子。這麼大了？還好啦！大人間公關的對話，我總在課堂裡隱藏。父親職業欄上只須填上一個字，偷偷吁一口氣，寫上「商」字然後交出去，暗自慶幸不用像個人資料一樣鉅細靡遺：名字、家庭狀況到拿手科目、興趣，什麼都得據實稟告。

我爸從來不知道我的心情，他還是很快樂的當他的「賣衛生紙的」，我爸喜歡開著車到處跑，如廣告說的，「一台車凸歸台灣」，雖然沒有「凸歸台灣」，整個南台灣他倒是跑得熟透。每到一處，便熱切與人來往，這個性使他出名，許多地方知道他這個賣衛生紙的。他說，衛生紙，讓他跑遍大江南北，認識許多朋友。

衛生紙可以讓人結識朋友？不是親眼所見我不太相信，走過山間、小村，一串五十元的衛生紙的確引來許多人。當他轉開喇叭，宣傳詞刺刺地在四處回盪，家庭主婦停止了工作，踅出老家，招手要買；平常在家無所事事的老人，彷彿如臨救星一般，顫顫彎著腰、步伐沉重的往他走來，解解悶積的購買欲；還有一些小孩子，輕快跑來，他媽媽要他買個十串衛生紙回去，一瞬間，儼然一個小村都凝聚在這些衛生紙上。老人說：「你的衛生紙很好用，又便宜，五十元一包，反正用來擦屁股的幹麼買那麼好。一百多塊的太浪費了。」我爸總靦腆地說：「謝謝。」笑得很高興。

因此我爸車上的衛生紙大多不是在電視上一而再再而三出現的牌子，而我也很少有機會摸到電視上所謂柔柔亮亮的「純潔」、「春風」，我問他：怎麼不賣這些有名氣的衛生紙？他說：太貴沒人會買。

然後又重複一遍老人的話：反正擦屁股用的幹麼買那麼好？

鈔票

我爸會轉業去賣衛生紙，是被一疊鈔票吸引。

那時他的水餃生意並不好，也不知道怎麼解決這個問題。有一個同樣開車、販賣清潔用品的商人，長得像我三叔，臉圓圓，眼睛大大，中等身材，穿著白色襯衫，我爸雖然跟他不熟，但偶爾見到面會打打招呼。一天傍晚，兩個人在磚仔窯巧遇，停在路邊隨口聊了起來，我爸望著他的大發財車，上面載有衛生紙、洗髮精等清潔用品，才四、五點，貨物快清空了，跟他車上滿滿水餃不一樣。那人說著今天賣得差不多，待會就要回去休息了，接著從口袋裡拿出厚厚一疊鈔票數著，一張兩張三張四張……我爸看在眼裡，想到自己口袋裡鈔票寥寥無幾，根本不需要花什麼時間算。

然後他就決定了。他也要這些貨品裝滿車，然後再把滿滿口袋的鈔票載回來。

地圖

我爸車上還有一張年代久遠的「台灣省地圖」，那是他做生意必備品，我爸並不需要那種很詳細的鄉鎮地圖，他信仰的是各個道路的編號，和路人的嘴巴，只要知道台幾線，循著地圖指示尋找，便能知道這條路通往何方，不怕迷路。小時候坐在我爸車上，窗外流過各種陌生的風景，總會感到緊張，心想我爸真的知道回家的路嗎？但撇頭望去，不論在哪，我爸一向神色自若，無事一般的執著方向盤向前，他總能將窗外景色變回熟悉，所有曲折複雜的緊張都化成優哉游哉的安心，原來這一切，都得力於地圖上那些密密麻麻，紅色的道路指示線。

地圖上的紅線，看起來就像血管，交錯複雜，由北到南布滿台灣，我爸成天就在這些血管走闖，像紅血球一樣運送物品，不論是寬敞明亮的國道省道大動脈、狹窄陰暗的鄉道靜脈，甚至是特別促隘的山間小村微血管，每到晚上，我爸從那些血管回到家裡，我們家是一個持續跳躍的心臟，是他的基地，補滿他所有的能量，準備隔日一早，油門一踩，開始另一天行動的路程，到所有需要的地方，開始卸下一車又一車的清潔用品。

這些日常用品是他的日常，陪伴他的時間更甚於我們。他們一齊走遍大江南北，離車的貨品除了換取現實的金錢，更以物易物交易了抽象多樣的世界，全都存放在他的眼簾與記憶裡。這世界過於龐大複雜，我爸無法攜帶沿途景物返家向我們述說，只好化約於地圖裡，用語言還原繽紛的空間。每到說話時候，他打開黃色的眼鏡盒，將銀白框的眼鏡掛上鼻樑，與黝黑的肌膚形成對比，接著，他的手指循著紅線，在地圖上輕輕移動，彷彿進行一種特殊的儀式，展現專屬他與地圖之間的魔力。我喜歡看著我爸瞇著眼睛，皺眉尋找自己的身影，地圖上的數字對他來說有點小了，他透過我的眼睛確定這一條條路線的身世，這是台十七線嗎？有一條從萬巒到東港的支線地圖上有畫出來嗎？所有的線條瞬間長出花草，還有藍天白雲陪襯。

我有時跟著他一同觸摸地圖，像觸摸一則傳說，我爸一言一語，將平面地圖說成了立體世界。他曾獨自開著宣傳車駛入高雄大社通往到旗山的省道，看到如「月世界」一般的景觀，道路兩側不是蔥鬱的樹林，而是一片光溜溜的山崖，有稜有角的灰色山壁，像是長了犄角的動物，蟄伏，不知何時便會猛然一動，吞食所有往來的車輛。我爸小心翼翼的駛過這段路程，在地圖上不過五公分的小曲線，膽戰心驚，卻也被如此景色迷惑。

一條路的盡頭通往何處，我爸從不擔心，他血液中流竄的冒險性格，藉由宣傳車行走顯露出來，陌生的路徑是嶄新的可能，如唐吉訶德一樣只管向前。他信仰著微笑待人，便能受到別人相同對待，每每到陌生的村莊，總能跟所有人親切寒暄，如同舊識。

但總有真正緊張時刻。

一回，他準備上屏東山上去做生意，同行前輩知道了，緊張的提醒他要小心。這是流傳在同行間很久的傳聞了，以前有人上山地鄉去，緩緩駛進部落之後，不見一個人，正覺得奇怪想要離去時，倏地，所有人都從家裡跑出來，一群一群同時吵著要買東西。手忙腳亂之際，大家像閃電一般拿了貨物就衝回自己家裡，一轉眼車上的東西少了許多，但卻沒有收到錢，被整個部落給搶了。

我爸並不畏懼，依舊沒有改變他的上山計畫，緩緩的駛進部落當中，小心翼翼的觀察四周，有沒有可疑的狀況。像是電影情節走到最後一段，萬聲俱寂，但環顧身邊，有許多攝影機正捕捉著他的身影，精細地連我爸眉頭微皺都看得清楚。我在明，敵在暗，我爸緊抓著斜背的現金背包，預備接下來可能的挑戰。突然，有人打開了門，向他走來，接著又一扇門打開，另一人家向他走來，他盤算著如何破解人潮攻勢，準備鎖住車上鐵門，卻發現情形並非如前輩所言，整個部落的人都衝了出來，只有兩三戶人家來向他詢問產品，相談甚歡，購買後也老實付了錢。這場冒險就這樣有驚無險的度過了，原本因謠傳所堵塞的道路，被我爸冒險性格所清理，再度暢通，他的地圖又往前擴張了一些，可以再往更神祕的地方邁進。

除了冒險家，我爸更像一個浪子，在宣傳車生意漸漸沒落的時候，他不願轉行，他喜歡這樣開著車，看著他的地圖，在每條路上留下自己的足跡，如此浪跡天涯，也覺無憾。他曾經從高雄大寮家裡開車到屏東獅子鄉，那長達兩個多小時的路途，不在乎顧客、不在乎油錢，我爸興奮的說，只是為了好玩。這場從現實岔出的旅程，在地圖上像扭動的蚯蚓，他在蚯蚓背上看到了祕密的軍事操演，悄悄的把車子停在路旁，不敢出聲，寬深的山谷裡有許多F16軍機來回穿梭，時而翻轉，時而俯衝，突起的機翼劃破空氣，嗶的一聲，摹畫速度，忽遠忽近的陰影，偶爾蓋住了他的宣傳車，不知道他的出現，是否會在軍機的雷達上，達達達的顯示出來？

還有許多開往他方的計畫，一向都是沒有我們的，他自己開著車，彷彿返回單身時代，沒有牽累，單人旅行。我們是不怪他的，某一種漂流的性格早就深植在我們心靈深處，但現實逼人，我爸只能偷渡在宣傳車路線上，沒有下一步，只求驚喜，但總是走不遠，地圖上顯示不出的家，最是有力拉著他，如隱形的繩索，人生的逾矩總有一個範疇，而我爸的地圖顯示他的浪子飄蕩生涯，不論如何遷移，總是以我們為中心，作輻射狀的擴散，走到了盡頭，即會回頭。

由於太熟悉了這些道路，我爸不時展露一副「路主」的霸道脾氣，即使離開了宣傳車，改駕駛家裡的小客車，脾氣猶然存在。通常開車前，路主都有盤算，在心底畫出一條路線，想要以最短的距離、最少的時間到達目的地，細微到連幾點到達何處，都有腹案。在鄉間小路獨來獨往慣了，他不能忍受塞車，若是看到苗頭不對，便會彎向一旁小徑，順著自己的方向感馬上繪製另一張地圖。有時我和我姊，也會受不住路主焦躁脾氣，只要有車妨礙了他的行走，總是沒有耐心的絮絮叨唸，如果怎樣如果怎樣……要他耐心點，但心裡的那張地圖卻跑得比現實還快，他在追趕，身為路主的小孩，也只能隨著他的腳步，透過他的眼睛，看到更多道路的面貌。

但我想路主都是孤獨的，他的言語都是一個人的王國。一回去嘉義東石行走，假日的海邊人潮洶湧，找不到停車位。他反覆說著這裡平常不是這樣的，沒有什麼人，安安靜靜。他不習慣與別人共享畫面，彷彿所有的地方都應該只有一種面貌——他獨自出現，一切才是真實，所有的人群都是干擾的畫面，他必須一一撥開這些障礙，才能帶我們走進他的世界裡，乾乾淨淨，以他的身影為中心，漸漸蔓延開展的故事情節。

這是他唯一樂於分享的片段。他的地圖。

戰場

俗話說得好：家有家規，行有行規。我爸這種開宣傳車四處販賣東西的職業雖然看來愜意，懷抱著跑遍五湖四海的優游胸襟，但其實還是有不成文的規定存在著。這是彼此口語相傳的叮嚀，當我爸還是宣傳車菜鳥，有時跟同業巧遇，在樹下暫事休息，前輩們總會囑咐我爸，大家同是出外跑生活的，有些禮數還是要顧，為大家著想，若有同行的先開車進去一個小村賣貨，晚到的那個人見著了，就應該離開那個村莊，到別的地方去，不要互搶生意。

這行採取「先到先贏」的方式，遲來的當然就要乖乖讓出，我爸對這規則可是謹記在心。每到一個小村，會先以聽音辨位的方式來確定是否已有來者，每台宣傳車上大聲播放的宣傳詞，是最好的ＧＰＳ，可以知道前一台的位置差不多有多遠，但其實不管距離遠近，喇叭聲意味著這村莊已被「搜括」過了，還不如趕快找下一個地點較為實際，不然傻傻地又將此村繞一遍，結果只是白了了自己的油錢。

當然囉，還是有些不遵守行規的人，這些人在宣傳車司機聚集的樹下，便會成為眾矢之的，聲聲追罵。不上道的被點名幾次，口耳相傳，以後與同行「擦身而過」時，絕對得不到對方好臉色看，頂多敷衍笑一笑，轉身之後什麼祖宗十八代都出來了。

這些目無行規的人大多倚老賣老，仗著自己經驗多、顧客多，才不管其他人怎麼看待，這看在我爸這種新手，每回皆遵守「讓位原則」，但別人卻不願意讓他，更有一種氣。我爸常說，大家彼此嘛，互相嘛。但是別人不一定這麼想。樹下菜鳥生著悶氣時，好心的老手打抱不平鼓吹，一次讓，第二次就不要讓他了，跟他拚了，不要手下留情，哪能讓他這麼「白目」。

這彷彿是前輩給菜鳥的授權勳章，我爸再也不那麼「彬彬有禮」了。當時有一對住在屏東的同行兄弟，以高屏溪為界，哥哥主攻高雄縣，弟弟主守屏東縣。這個越縣販賣的傢伙，就算我爸先從村頭駛進，他還是一派清閒的從村尾進來，一次，事件再度重演，我爸馬上改變路線，先去拜訪村中主要顧客，確保基本客戶，然後駛回主道，隨著兩種宣傳廣播聲愈來愈近，緊接著就是一觸即發的關鍵時刻，兩台藍色發財車頭首先打招呼，透過車窗往前方看到彼此，減速，掛上一只勉強拉出的笑容，將喇叭聲音轉小，慢慢地，慢慢地，表情愈來愈清楚，維持禮貌的寒暄幾句，哥哥會望向我爸車上的貨物，然後略有所指的說，「喔，你車子貨物卡少，你卡會賣。」我爸不喜歡聽到這樣的話語，虛偽，只能回以哪有哪有這樣客套遁詞，氣氛尷尬。

不過，兩兵相接的平常寒暄用語，內裡可是大有文章的，一句「你今天從哪邊賣過來啊？」

就可從對方的口中知道哪些地方已經「淪陷」了，不需多跑一趟了，然後再看一看對方車上的貨物，尚可評估他在那一帶的顧客量如何。若在同一區錯身，一句「生意怎樣啊」，也可以暗自打量兩人在同一村莊的客源如何。宣傳車如同戰車，但雙方言語，才是主攻砲彈。

有時，顧客也會不自覺的加入戰局當中，不小心進入了他軍淪陷區，不但生意變少，還有顧客會拿著之前買的貨物，抱怨我爸賣得比較貴，這時我爸可得動動腦筋，必須了解敵情，別人如何削價競爭的。我爸笑著回應，與客人交換商品，用貴的換便宜的，任誰都不會有意見。帶回家後，便會從商標資料探聽，打電話詢問，如果對方進貨價格較低，二話不說，吸收進來，加入我方陣營。

我爸做生意，到訪的都是偏遠小村，村道上往往見不到幾個人，兩排是傳統的土埆屋，稻田綠地比房子還多，有時微風輕輕吹來，臉上的涼意還摻雜一點青草味、炊煙味，緩慢，和樂，彷彿就這樣一直待著，時間也不會留下走過痕跡。現在想來，原來這些寧靜的小村都是我爸與人較勁的戰場，濃濃的火藥，暗自爆發在純然優閒的鄉間圖象中。

連續劇

我家的連續劇每晚開演，比現在當紅的虛擬實境連續劇早了好幾年，我爸是導演，全家配有角色，身分不變，橋段重複。

儘管每日上映，身為演員的我，卻依然難以入戲。吃完晚餐，馬上抓緊零碎時間看電視玩玩具，雖然早過了卡通時間，還是盯著不是很懂的瓊瑤愛情猛看，故作優閒，其實心裡慌得很，暗自觀察導演動作，他先是剔牙摳摳香港腳，然後翻翻電話簿算算今日的零餘，那皺成一堆的百元鈔票拖延時間，他一一攤開計算，一張、兩張……男女主角說著今生愛你永不渝，正猜想「永不渝」的意思，他突然起身，扭扭脖子，往樓下走去，我故意專注螢幕裝作什麼都不知，然而那雙眼卻傳來一陣寒意，只能認命關上電視，下樓。

卡麥拉！

為怕落入「歹戲托棚」，一心期待愈快結束愈好，但這速度連導演也不能掌控，決定於車上貨物多寡。觀望大台貨車，是我首要步驟，如果貨物剩得多就暗自歡呼，若剩得少就自認倒楣，反正美麗的夜晚，都獻給這場只有演員沒有觀眾的家族連續劇了。

第一場戲，導演不參與，由我和我姊領銜主演。導演拿起竹板，將高高在上的衛生紙箱掃落地面，碰，碰，碰，碰，整條走道布滿道具，抗壓性低的，落下時四邊撞出長長裂口。我們用原子筆頭劃開膠帶，拆封紙箱，衛生紙散落一地，拿著長塑膠袋，一串五包，且記得，第一包要反著放，這樣兩頭才見得到商標，導演第一次教戲時再三叮嚀，看到一頭空白的衛生紙串馬上怒斥拆掉重包，然後檢查我們打的結是不是活結，若是死結便換來一場叨唸，這樣別人怎麼打開！必須留心所有細節，不可破壞戲的流暢完美。一箱兩箱三箱倒出來，堆起來像一座小山，軟軟的模樣叫人想鑽在裡頭如彈簧床，但是他們的第二站不是房間，而是導演駕駛的大台貨車上。

往往是我上車去，貨車前面有一區專門放衛生紙，空間不大，屈身，彎腰，才能繼續演出。我姊是支援者，將紙箱內剛剛包好的衛生紙遞給我，依著舞台規劃，左邊是五十元區，右後方是九十元區，右前方則是高級破百區，開始走位，動作。我們倆可是合作無間，五十元再來兩個，九十元再來三個，銜接流暢，毫無冷場，有時突然詞窮了，原來是彈援用盡，目測，還需要多少箱，在一旁忙碌的導演，聽到演員陷入困境，又會回到主場來，提供材料，讓戲繼續進行。

第二場戲極為簡單。空舞台轉到貨車的後面，打開鐵門，放下鐵板，斜狀的木隔板將全區分為左右兩邊，導演總先自導自演，才開始說戲，但久了演員也可看出端倪，馬上就能搶戲。木心隔板下的木盒，左邊是漂白水，右邊是洗碗精，快步到後台木櫃上取來，然後拿起導演自製的長鐵棒，前頭特製的彎勾和鐵弧板，是必備的道具。木盒又深又狹，無人能鑽，得先用彎勾取把手拉出，清理混亂的場景，然後，將一旁久候的新鮮貨置於箱口，鐵弧板與塑膠罐弧度相合，緊密，推，歸位。

再往左右兩邊看，木心隔板旁放置洗衣粉，但大小不同，四點五公斤與十公斤，要分得清楚，再往前，則是鹽酸區，有煙的在右邊，無煙的在左邊，一目了然。來回在後台與前台之間，一包一箱來回運著，導演接手，搬上指定位置。搬家之後，房子變大了，舞台的界線擴張，演員們來回跑個幾趟，便氣喘吁吁，為維持演出速度品質，導演買了一台推車，可將所有物品放到推車上，一次解決。推車出現的當天，演員們皆報以熱烈的掌聲，鄰居小孩也來湊熱鬧，站上推車要導演推著跑，好比飛翔。

最難的一場，便是最後雜物的處理。到此演員皆有疲態，有時導演也會好心提早收尾，要我們下場休息，但若劇情無法停頓，導演則會要求我們齊力完成。這階段演員變成傀儡，拿幾包垃圾袋，拿幾罐洗髮精，這些細節，是演員怎麼也無法搞清楚的專業，一舉一動，都是臨時的台詞，誰也猜不著，只能配合。我常常疑惑著導演怎麼能夠清楚這些瑣碎的字句，拼湊成戲劇收尾的一刻，完不完美就看這場。等他關上鐵門，空車又滿，整齊的物品展現華美姿態，我們每天演出成果，就等著明天到街上讓人欣賞，或說，破壞。

當然，偶爾有客串來賓，通常是我媽，若在樓上無聊，戲胞癢了起來，便下樓參與。還有鄰居的小孩，不過八、九歲，特愛客串，甚至積極爭取正式角色。厭倦每天例行的演出，我成了沾染職業病的老演員，什麼都提不起勁，小孩們卻等著我們打開電動門，扭開聚光燈，衝過來喊著：「阿伯，我要幫忙。」這是每天晚上的遊戲，他們樂在其中，展現了高昂的興致，包裝搬運都快意，我當然是暗自欣喜的，劇情可以偷偷跑快一些，有時步調故意緩了些，噓，別說我偷懶，只是想要把機會讓給新進演員！

看著積極的小演員爭取演出機會，我想到自己在這個年紀，還不是劇組的一員，就開始接受訓練課程了。導演要我們習慣晚餐後戲劇人生，進入舞台，雖不需參與，但得每天背台詞給他聽，來源是學校的國語課本，每一課都不能放過，少一個字也不行。我總愛打瞌睡，常常背到兩眼模糊，眼淚直流，還因為一兩個字不得解脫。坐在樓梯上，倚靠鐵欄杆，有時心不在焉，他拍我額頭。眼前，一個人正演著獨腳戲，台上台下忙碌外，還要盯著我們的功課，計畫我們之後要學什麼，要讀什麼，房間裡紅色的語言學習機每天重複KK音標，教我們唸ABCD，但總到G就結束了，我們的未來還沒開演，他急著幫我們寫好腳本。

開始再來做就來不及了……

那些職前訓練和演出時光當時想來是噩夢，總希望連續劇趕快劇終，才能好好享受美麗夜晚。現在如我所願了，空空如也的貨車不再華美，每天只去工地，便停著不動，我成了它邋遢打扮的唯一觀眾，但它以前不是這樣的，彷彿是過時的演員，亟於向大家述說自己的風光歲月，那時我還美還有很多支持者，皮膚好，人氣旺，一切都是巔峰，你不要不相信，這些都是真的。

夜市

有一陣子，我媽身體特別不好，我爸早上都得帶她去看病，在醫院一待就是一天，回到家裡也沒辦法開車出去做生意，眼看經濟狀況如此惡化也不行，他想了想，就跟我們說：「我要去擺夜市了。」

彷彿每個村落都要有「某一天晚上有夜市」才算完整，我們小村是星期一，當天黃昏，村裡的主要道路上，便會湧入一台台貨車，架設鐵架、木板，平常兩旁停妥的轎車會識時務閃到一邊，將位置讓給一件五十的女性洋裝、一整排的柏青哥，和專讓小朋友坐的「摩天輪」及電動小火車。那晚，小孩晚餐飯只吃一點，剩下一大點要留給等會的鹽酥雞、小熱狗。每週幾十元的零用錢，準備在一個晚上揮霍殆盡。

到我爸決定之前，夜市對我而言是用來「逛」的，小販為了賺我們手上的小錢，總是展露燦爛笑容，非常客氣的推銷各種物品，那是小孩子唯一能當大爺的時候。於是，當我爸認真打包，將家裡的貨品放在藍白相間的帆布袋中，一肩扛起往燈泡綿延、閃亮的村間主幹時，我便意識到自己的身分不同了，夜市不再是用來「逛」的，我爸攤開帆布，占據一角一一擺好貨品，一盞鵝黃小燈照著，人煙稀少的邊緣地帶，旁邊就是無光黑色的區塊，夜市的界線。

我們家能賣些什麼呢？家常用品，衛生紙、洗髮精、漂白水、魔術靈之類的東西，宣傳車上物品的種類都到齊了，由左至右，安安分分。他如同出門做生意般打扮，頭髮還特別梳理過，西裝褲與皮鞋，看著來往的行人重複通常由機器播放的宣傳詞，但多了幾句話家常：

「衛生紙衛生紙，一串賣你五十元⋯⋯」

「明仔，你來賣夜市啊？」

「對啊，要做生意啊。」

「咱們的洗潔精，是工廠直接出品，沒有給中盤賺一手⋯⋯」

「你某有沒有比較好？」

「還好啦，現在都要去醫院回診。」

「洗衣粉有大包十公斤和小包四點五公斤的兩種⋯⋯」

「這是你兒子，那麼大了啊。」

「三年級了。」

「⋯⋯」

坐在我爸旁邊，渾身不自在，但我沒有說，我爸給了一些錢，怕我無聊要我去逛夜市。看著手上的錢，卻出現矛盾的心情，我應該要光顧我爸的生意吧，買一串衛生紙，或是買一包洗髮粉也好，讓他賺到錢。但沒有人到夜市來是打算買一大堆清潔用品回去，我是大爺，我要買什麼就買什麼，可是我爸沒有笑臉迎人，他只說你去買你要吃的，一個人在燈光下坐著，旁邊是黑色的區塊，衛生紙擺了十串，一小時後還是十串，滿地清潔用品有鹽酸、洗馬桶的工具，我突然希望我們班的人今天晚上都在家裡看電視不要出來……

我最後還是去逛夜市了，手中捏著幾個銅板，往另一頭走去。我待會可以直接回家，也可以選擇繼續坐在我爸旁邊，思考這個問題的時候，我爸在我身後，我們愈離愈遠，愈離愈遠，那是第一次深刻體會到拋開家人不管一切的滋味，但卻沒有什麼解脫和自由的感受。

喝奶

國小時，每到黃昏時刻，總有許多賣甜品的小販開著車到處跑，至今讓我印象深刻的畫面，不是笑咪咪的零食商或是糖果販，反而是一台載有羊咩咩的卡車，巡禮般的在所居的小村裡，緩慢行進。

那還是喝鮮奶即代表高檔生活的時代，平凡如我們家，到市場總不會有購買鮮奶的欲望，有豆漿喝就不錯了。但送上門來的可不一樣，每次羊咩咩出現前，廣播車的羊叫聲便會從另一條街傳來，接著「鮮奶、鮮奶，好喝的鮮奶」句子一出現，小孩們便蓄勢待發從家裡衝出去。等到羊緩緩出現街頭，車子還沒停妥，大夥已在後面追著跑，車一停，馬上撲上雙手，「羊ㄟ！羊ㄟ！」見到寶一樣歡欣鼓舞。

老闆熟練的將牛奶倒進塑膠杯，向大家介紹這是最「青」的鮮奶，甜中帶腥，那種過了頭的鮮味，我們自行替它找到「這奶是剛從這羊身上擠下來的」的解釋。不過當時也沒有想太多，眼睛看著羊，嘴喝進去的是牛奶，竟也不覺奇怪，腦子直冒出「動物真的有奶啊！」之類奇怪的想法，直吵著媽媽買一箱回去，好像這樣也順便將羊咩咩買回家去一樣。

那老闆幾年後創立了「國農鮮乳」，為了回饋鄉親，還到我們就讀的小學找小朋友拍廣告，我姊姊那一班雀屏中選，全班在操場上排好隊伍，行進，舉手喊著「國農，鮮乳，國農，鮮乳，YA!」YA的時候還全班跳起來，畫面右邊同時跑出國農鮮乳的瘦長的罐子，不同於一般玲瓏模樣的傳統牛奶罐，活像牛奶界直挺挺的憲兵。不過，從那時起，再也見不到羊咩咩出現街頭，少了興味，我又回頭喝豆漿了。

薄紗

我爸做生意的時候，通常都是別人的上班時間，那時鄉間的男人大多出門去了，只剩女人在家裡整理家務，而清潔用品的採購，往往也是女人在注意的，因此，他接觸到的幾乎都是女人，他笑稱自己，跟電視上那些美容中心、塑身中心一樣，都是賺女人錢的。

在沒有手機、call機的年代，這樣一出門就等於找不到人了，我爸一整天幾乎都在女人圈裡打轉，關心她們、陪她們聊聊天。這樣想來，實在是很危險的事情，儘管這樣，我從來沒有聽過我爸有出軌之事。

這跟我爸謹慎的個性相當有關，愈是知道有危險，愈要守分紀，潔身自愛。他曾遇過一次薄紗事件，一回去高雄小港區沿海村做生意，那還是一大清早，有一個三十多歲、面貌清秀的婦人攔了他的車，買了許多貨品，我爸怕她提不動，熱心地搬到女子家屋簷下。那婦人要我爸再把一些重物搬進屋內，付錢的同時，我爸才發現到，她僅僅穿著一件紗網薄紗，陽光透射，胴體線條清楚可辨，趕緊回絕，推託著說不好意思進去別人家，然後開車離去。

事後回想，我爸還有些心有餘悸，他的生意守則之一，即是「三、四十歲左右的女人，一定要保持距離。」不然容易引起誤會。因此，我媽總是很安心地放我爸一天在外頭跑上十個小時，態度自若，像如來佛和孫悟空的關係，反正你終要回來，餐桌飯菜正等著，一點也沒有慌張和懷疑的神情。

女鬼

有段時間，我們家發生了許多問題，我媽身體不見好轉，而我爸的生意又莫名變差，搞不清楚為什麼會這樣，有朋友介紹我爸媽去山區一間小廟問神，我媽是那種什麼神都信的人，便拉著我爸一同前往。

印象中我也有跟著去，山路顛簸，我不一會兒就睡倒在車上，等我醒來，已經到了，我媽拉著我往廟裡走，跟執事人員報告來的原因，便坐在一旁等著。我記得我還跑到廟埕上玩，東看西看，這間小廟被大樹給包圍住，只有一條通路，在金爐旁邊，那條路相當陡，我向下望了一下，剛剛我們就是爬這個山坡上來的。

輪到我爸時我媽叫我進去，一家人還沒有站定，乩童突然被叫住，「你是誰？」我爸媽一臉狐疑，乩童雖然望向他們，但好像又不是跟他們說話，突然，他向我爸灑了許多符水，口中念念有詞，然後向他指了幾下。我們一家人安安靜靜的，一動也不動。

後來問起來，才知道原來剛剛我爸身後跟著一個女鬼，那女鬼與我爸前世有一段情緣，卻不得善終，所以這世還要尋找我爸，我們家之所以不順遂，跟這女子的怨念有關。我媽問乩童，那她怎麼找得到我爸呢？乩童說，我爸晚上還在外面做生意，可能是那女子喚他之時，他有回應，所以尋得，然後轉頭很嚴肅的吩咐我爸，若是晚上經過山路、偏僻的地方，聽到有人喚要買東西，不要理他，那可能是孤魂野鬼的聲音，小心回頭被纏身。

說也奇怪，我們家情形還真的改善了不少，或許那個女子真的走了，但每到晚上，我還是會感到些許寒意，想到那些在黑夜裡徘徊的聲音，悽涼，空蕩蕩，一路尾隨我爸的車，喚著他，要買唷要買唷，我總忍著不往我爸背後看，我怕真會看到一個女子，面容悲哀，轉過來對我陰森森的魅笑。

歌名：「葉啟田，朋友情」。

擴音機

剛開始不是葉啟田的〈朋友情〉。小時候，我爸出門放的是《楚留香》主題曲，那時連續劇當紅，家家戶戶盯著香帥看，鄭少秋瀟灑多情，耍帥前總要摸摸鼻側，迷煞多少癡情少女。懸疑劇情加武打身段，連我爸這個不常看電視的人，也成了標準影迷，週日晚上頻道由他掌控，沒有討論餘地。儘管他強調，只是看上這音樂紅，想吸引多點人，但我想他一定在偷渡什麼，做生意時有〈楚留香〉相伴，自己似乎也是註定流浪的香帥，懷抱「千山我獨行，不必相送」的寬闊胸襟。

當了一陣子楚留香後，有顧客向他反應，《楚留香》實在太紅了，各行各業都以這旋律宣傳，就連殯葬業送往生者出殯時，也同樣「千山我獨行，不必相送」。這可不行了，浪漫情懷成了送往迎來，我爸得更換身分，但並不容易，思索多首曲子，總不滿意。許多同行只是簡單錄了台詞幾句，甚至掛著麥克風隨到隨講，毋需背景音樂，但他追求完美的性格不肯苟且。終於給他找到了，一回出門，耳邊傳來「今日你來牽成我，明日換我支持你，希望我甲你一生來做知己，朋友，朋友，好朋友，是咱成功的本錢。」這就是他要的，當不成香帥，總能成為大家的好朋友吧。葉啟田的歌聲，拍桌定案。

不論是漂泊的前奏，或是親切的曲調，進入歌曲時，音量便會轉小，配音員聲漸大，標準台語，清楚，穿梭大街小巷，逐一介紹車上物品。

> 各位大家好，高級衛生紙，新品牌、新廣告的衛生紙，一串五十元也，買二串一佰元，擱送您一包。廣告期間大俗賣，工場車歸台來這，俗俗賣，沒給中盤賺一手。衛生紙一串五十元也，買二串一佰元，擱送您一包。廣告期間機會沒坐，阮的衛生紙有普通，也有巧好，電視有塊廣告的品牌，車歸台來到這裡，大家趕緊來買。

車頂架著大喇叭，擴音機放車內前座，我爸好操控。早些年小卡帶還沒流行，用的是大塊方形的音帶，兩頭皆有黑磁帶，表面黏白紙，標明四首曲名，「衛生紙售貨廣告詞」，一首講完，便跳下一首，「答」一聲，又是同樣內容。

重複技術，對宣傳車來說很重要，反覆的說詞如催眠，呼喚大家。小卡帶盛行後，機器進化，擴音機增添按鈕，除了音量，還可調音質，高低，厚薄。我爸買的第一台卡式擴音機只能播音，但放完A面後會自動跳到B面，「無限播放」，在當時可說十分先進，現在車上新式機器多了「電腦語音錄放」功能，他曾興奮示範，三分鐘限制，橋段任選，播放卡帶時按下紅鈕，時間一到，中止，取出卡帶，電腦便開始反覆。我爸常抱怨，無限播放容易損害卡帶品質，絞帶司空見慣，有時停在路邊，與打結的音帶大戰，無法挽救，只好忍痛剪斷，接下來還得拿手電筒往機器裡照，看看是否有磁帶卡住，趕快取出，不然繼續使用，另一塊音帶馬上就會壯烈成仁了。

衛生紙一串五十元的，買二串一佰元，擱送您一包，阮的衛生紙幼哥嫩，請你報厝邊頭尾來選買，衛生紙一串五十元也，買二串一百元，擱送您一包。廣告期間大減價大俗賣，工場車歸台來這，不給中盤賺一手，薄利多銷俗俗叨加賣，買如坐俗如坐。

我爸固定往錄音室報到的生活，曾燃燒起我的歌星夢。

寫好新廣告詞，我爸便要拿到錄音室給人錄製，我和我姊愛跟隨，總以為能夠看到明星，若沒有，親臨專業錄音室，也備覺興奮。錄音間外，我爸與我們隔著透明玻璃，麥克風垂至面前，配音員坐在一邊，拿著稿子，一字一字清楚念誦。我爸主控韻律與感覺，不合意處，握拳舉手，要錄音師暫停，與配音員溝通，何時上揚何時低沉，這個字怎麼唸，怎麼表現才動人，手指點著，如指揮家。配音員在稿子上做筆記，體會晃動的車體，流逝的路程，我爸要的不是死板板的抑揚頓挫，而是沁進人心的舒爽與適切。

走出錄音間，下一步是音樂合成，葉啟田的〈朋友情〉只取副歌，到處唱著朋友朋友，彷彿五湖四海皆兄弟。音樂與聲音漸漸合一，我爸靜靜聆聽，直到滿意。完工後母帶由錄音師收著，以便拷貝，回家時，他手上通常有台語與國語兩種版本，我爸說到眷村當然要入境隨俗，標準國語才能引來榮民伯伯光顧。

一堆堆的卡帶，總讓我想起小時候，愛唱歌的二姑家那台卡拉ＯＫ伴唱機，仍是舊式大卡帶，插入，伴奏響起，大家一同哼哼唱唱。大卡帶給我一種歌星的想望，期盼哪天也能從錄音機裡聽到自己的歌聲。有段時間，我和我姊曾認真計畫要去錄音室灌唱片，ＡＢ兩面指定曲都選好了，其中還有男女對唱呢，我們吵著，要我爸讓我們錄音，試試ＭＶ裡的歌星，戴上耳機對著麥克風擺弄深情的滋味，那是最接近演藝圈的時候了。那時我爸也煞有其事的應和，允諾說好，但歌單改了又改，曲子練了又練，卻始終沒有進過錄音間。

> 阮阿有賣鹽酸、漂白水、洗碗精、洗衣膏、大缶小缶，也有洗衣粉，十公斤、四公斤半，大包小包攏攏有，請您趕緊來買喔。高級衛生紙一串五十元，買二串一佰元，擱送您一包。廣告期間沒常在有，阮是新品牌新廣告，全省巡迴車大俗賣，阮也有賣歸箱，歸箱有卡俗，又

擱算會合喔！

圈詞：「幼哥嫩」、「俗俗叨加賣」、「買如坐俗如坐」、「工場車歸台」、「巧好」……

家裡留著的宣傳詞稿裡，其中一張仍見配音員筆跡，她圈了些不懂的詞語，我爸不解這那麼簡單為何不懂，我說他寫的是「聲音」，不能算字，別人當然無法理解。我爸一臉堅持：「稿子就是用來唸的，唸出來，大家才明白啊。」

朋友說我文字淺白，近口語，如今想來，或許真與我爸相關。以前從沒想過自己會寫作，反倒是看我爸買了一疊疊稿紙，夜晚在客廳桌旁振筆疾書，背對我們，電視，和一切娛樂，眉頭深鎖推敲一字一句。

我曾近靠觀望，我爸並不趕我離開，父子倆對著稿紙發呆。他的字瘦長，橫豎筆尾總有些翹，轉折處如書法筆劃，捺撇皆緩，彷彿在練字。不滿意，又拿出另一張稿紙，重頭再來，嘴巴唸唸有詞，表情凝重。順著他身體的弧度往下看，唸唸出來的詞句，經過脖子、手臂、手指、原子筆，流洩成文稿，這氣氛過於嚴肅，幼小的我受不住，馬上又回到電視前。

後來才知道那些文字都是廣告詞，我爸說，只要價格一變動、出新產品，都得更換新詞。年紀稍長，開始嘗試投稿，我爸的稿紙便轉到我手上來，輪我坐在書桌前，構思如何進行下一段。他從來不跟我索回，定期補滿客廳稿紙，供我取用，偶爾在身後窺探，我也裝作沒察覺，但那時我是不是和他一樣，也唸唸有詞呢？這倒是不確定了。

> 那騎家、開店也，買歸箱阮算您成本費，請您出來比較選買，衛生紙車歸台大俗賣有巧好，有普通也有一串五十元也，買二串一百元，擱送您一包，薄利多銷，買如坐俗如坐，阮阿有賣鹽酸、漂白水、洗碗精、洗衣膏，大缶小缶，也有洗衣粉十公斤、四公斤半，大包小包攏攏有。

生意當好的幾年，我爸的〈楚留香〉和〈朋友情〉跟〈少女的祈禱〉有得拚。曲子在村頭響起，人群馬上從家裡出來，慣常公式。我爸形容這情形如同倒垃圾，每戶人家都在門口等著，看著宣傳車駛來。在街頭若稍稍耽誤了，開到街尾，便聽得別人抱怨，在前面那麼久，害我們一直等，我爸不好意思點頭致歉，剛剛人多了啦。

不同於垃圾車的是，這些人不是急著將手上東西丟出去，而是忙著將我爸車上東西搶下來。那時，一個村莊有車的人家不超過十戶，大賣場也不普及，衛生紙都是五串、十串的買。一有缺貨情形，便見幾戶人家互相商討，手提十串的，立刻被喊住：「你不要那麼狠啦，買那麼多，我們家一包都沒有了。」尷尬時刻，即是客人阻止我爸多賣：「給他五串就好啦，剩下兩

我爸永遠的最新專輯，「清潔用品—俗俗賣」。

我爸車上電腦語音錄放擴音機。

串是我的啦。」兩虎相鬥，我爸無法隔岸觀火，還得當和事佬，調停兩造衛生紙之爭。最後貨品悉數掃盡，客人各取所需，心滿意足返家。剩下沒有買齊的繼續叨唸抱怨。我爸保證，下次一定滿載貨品來這裡，到時——

請您趕緊來買，喔，謝謝啦。

郭怡君

郭怡君是國小時校內的風雲人物。大我兩屆，從我三年級開始，無論是作文、月考、美術，每回升旗時司儀喊到頒獎，如同展開她的個人秀，看她跑上跑下，獎狀一張接著一張，在底下的我們只能不停鼓掌。

她的強項是演講，參加校外比賽，也能打敗市區的明星學校，贏得前幾名；有時候，為了給我們這些學弟妹觀摩，也讓她有機會練習，朝會升旗便成為比賽的預演場地。她穿著整齊的白衣藍裙，頭髮後梳，綁一個簡單的馬尾，腳步優雅，緩緩上台，一開始甜美微笑，親切問候大家，接著滔滔不絕她的講詞，雖是制式化的動作，但她做來自然，傾身、舉手沒有扭捏，那一口字正腔圓的國語，更是南部小孩所欣羨的。

她是全校的偶像，每個家長都要小孩向她多學習。

她住的村莊離我家很遠，雖沒去過，也能想像這樣風采翩翩的女孩，家裡環境必定很好，爸爸媽媽或許都是老師，不然就是任職於知名公司，或許還是主管；住家是一幢三樓洋房，她的房間有一整座大書櫃和舒服的彈簧床，窗戶還有蕾絲薄紗，風一吹，波浪般夢幻。空閒時，她在客廳彈鋼琴，一家人沐浴柔美的音符中。她們家或許還會舉辦宴會，她穿著小公主的衣服出來接待大家……

相較起來，我家就粗鄙許多了，一樓像倉庫，全堆滿清潔用品，二樓地板鋪的是廉價瓷磚，紅白紅白怪沒質感；天花板生了壁癌，不時掉落油漆；一下雨可不得了，所有盛水器具全用上，樓梯間、廚房滴滴答答。我爸當然不是高級主管，他只能管他那部車子，裡頭是乖乖聽話的貨品，出門穿的是泛黃襯衫，皮鞋後跟踩得折陷，背上錢袋前往的所在，從來都不是大城市。

宮部美幸說，爸爸的工作決定小孩在學校的地位。其實小時候對我爸賣清潔用品的工作還挺在意的，從沒主動跟朋友說過，避而不談成為一種維持自己地位的保護措施。郭怡君那麼優秀是理所當然的，優良的環境造就了她，我心裡很清楚，我們是兩個世界的人，但還好這現實只存在於放學之後，而我可以一直以不說來塑造一個美麗幻境，看看能不能與她更接近。

不過，沒想到我跟她最接近的一刻，竟來自我爸的工作。一天晚上，在樓上看電視，忽聽見我爸叫喚，才走到樓梯轉彎處，就看到了熟悉的身影，啊，是郭怡君，她怎麼到我們家來，我瞪大雙眼，扶著把手，掩不住看到偶像的興奮。見我驚訝反應，她有點害羞，低頭躲在她爸爸後面。他們一家人穿著簡單T恤長褲，不是西裝、不是洋裝，郭怡君身上，更不是我想像中的小公主服。

原來他們家是賣漂白水的，她爸爸在家裡製作調配好漂白水溶劑，然後分罐裝好，批發到像我們這樣的商家來。郭怡君平常總跟著爸媽，隨車幫忙，不需要標準國語，沒有一張張獎狀，她提著一罐罐的漂白水，走到顧客家中的倉庫，放著，然後點貨。

郭怡君當然不知道我是誰，但家裡因偶像來訪而蓬蓽生輝，連掉落的油漆都閃閃發光。活在另一個世界的郭怡君在此刻與我同國，然而，雖然到過了我家，她還是不知道我是誰，不過每每走過她身邊，我總對她親切一笑，朝會看她上台演講，我甚至覺得台上的就是自己，舉手投足風度翩翩，輕輕一笑的高雅氣質，是我們這些賣清潔用品的小孩子特有的唷。當然，我那時可很有道義的什麼都不說，這是我和她之間的祕密，她一定也跟我一樣在隱藏什麼吧，當然，這一切我最能體會了。

品牌

我家樓下的箱子日復一日，但裡面的衛生紙，每隔一段時間，就會改頭換面一番。

我爸賣的衛生紙，很少是電視上廣告的牌子，它們變臉的方式相當多元，大抵兩個字，走向溫馨乾淨的路線，比如同心、百吉、友情、方潔、舒潔、清秀、安心，用了之後感覺自己清清爽爽；也有「花」系列：玉蘭花、白蘭、玫瑰花等，彷彿包裝一打開，就可以聞到陣陣花香；剩下的就難懂了，如依人際關係所起的名稱：「你我他」、「全家福」之類的，也許廠商想表達的是歡迎人人使用，但若真要說出自己每天都用「全家福」擦屁股，實在也不太中聽了，最讓我驚訝的是７４７這個牌子，似乎擁有這個名字，衛生紙都可以長出羽翼衝天，若衝不了天只得乖乖聽話，每天被我爸載出去，以五十元的價錢便宜賣出；還有一款叫作「天心」，不知那位知名女藝人看到，會有什麼感覺？

每個品牌，都有自己的包裝方式，一般說來，大多以橫豎交錯的條紋或色塊裝飾，上頭必會有顯目圖象引人注意，以我這個賣衛生紙的兒子的印象做量化統計，最受包裝設計師青睞的，莫過於花朵圖形，不論換成什麼名字，每每打開紙箱，倒出衛生紙，一朵一朵「塑膠花」也隨之傾巢，有綠橘線條相間，底下還七、八朵玫瑰花點綴的清秀牌，還有六朵五瓣橙花對稱展示的友情牌，那些「花」系列，包裝上當然是品牌花朵的圖樣。

即使背景已非條紋，花朵還是有辦法找到出場的機會，我還記得「天心牌」，整個包裝相當夢幻，畫了許多愛心的圖形，就連「心」字兩點，都成了藍色的愛心。中間是頂著一頭藍色爆髮的愛神丘比特，腰間只圍了一個簡單的紅色布幔，手中拿著一支愛神的箭，而箭的另一頭，竟然是一朵玫瑰，鮮豔到連花瓣都是血紅。

擺脫花朵的回憶，印象最深刻的是「同心」牌，包裝上畫的是兩個像丘比特的小嬰孩，側站，共享一副身體，一顆紅潤的愛心，畫在身體中間，特別亮眼。小時候覺得這圖案很可愛，小嬰孩臉圓潤潤，笑起來眼睛還瞇成一條線，胖胖矮矮的身形，有點像現在流行的天線寶寶。

但後來年紀漸長，看到電視上播出雙胞胎兄弟忠仁、忠義切割的手術畫面，手術前新聞主播還呼籲觀眾一同替兩兄弟祈禱，希望一切順利，回頭再想到這張圖，再也無法覺得可愛了。

福爾摩斯

一日，終於問了我爸一個疑惑已久的問題，家裡賣的衛生紙，拆開包裝，看起來、摸起來，都沒有什麼差別；內容物不變，為何總要一直更換牌子呢？

答案是這樣的。其實同一個工廠，出產的衛生紙品質都差不多，為了讓消費者感覺有不同的選擇，會用多種品牌包裝，外觀看來就像是不同的產品，但一碰到他這個明眼人，全都無法偽裝，他辨認的可是裡面一張張的衛生紙。製紙工廠難以一直維持好品質，往往到最後，紙漿鍋爐內會殘留多餘雜質，老闆為省成本工資，並不會馬上下去清理，因此，所生產的衛生紙品質便變得相當差，包裝一打開，還沒使用裡面一張張衛生紙卻都已經破了，每當遇到顧客抱怨，他就知道，該是改批另一間工廠的貨了。

早先所謂的「花紋衛生紙」，其實就是在紙面上印上一圈一圈的圖樣，像長了一排排整齊的小疣，如此，紙張看起來便不會單薄如鏡，一整疊包在一起，富有蓬鬆感，這樣的花紋，還有一個功能，相當實際，便後使用，凹凸面的衛生紙，通常不必耗費太多，便能擦得乾淨，還能清理到「細微處」。現在用的衛生紙多似面紙，光滑，我爸說許多顧客用了平面衛生紙不久，又回頭改買這種花紋衛生紙，就是這個原因。

這樣的差別我倒是沒有什麼感覺，從小到大都早就習慣使用花紋衛生紙了，但接觸了平面衛生紙之後，細嫩的質感摸起來還是比較舒服，不過，內行如我爸，用他的專業能力手一搓，眼一看，馬上辨別好壞。在燈下，若是看到紙上有一個一個白點，不規則的分布，那即是以再生紙製造的，自然有損品質；正確測試衛生紙柔嫩的方式，是要先將衛生紙摺疊，穩穩施力拉著較短的兩邊，直到衛生紙裂開為止，很多花紋衛生紙拉平之後，比平面衛生紙還柔軟。另一種鑑定方式，則需要用火來燒，燒過之後，灰燼愈白，表示紙漿純度愈濃愈高，當然品質也更好。

說到興頭，我爸拉著我到陽台去做實驗，原本認為品質最好的平面衛生紙，燒出來卻成了一團黑，摸來粗糙的花紋衛生紙，竟呈現灰白好色澤。雖稱不上什麼大發現，但這些「線索」映襯在他多年的工作經歷下，竟也變得迷人有趣。我們看著灰燼討論，種種看起來包裝精美、型態相同的衛生紙，如同千面大盜多樣裝扮，旁人看來，只會傻傻中了熟練的偽裝詭計，但我爸總能不疾不徐，像叼菸斗的福爾摩斯，老神在在，馬上抓出兇嫌是誰，在我面前，他一字一字，析理著整個案件的來龍去脈。

洗衣膏

我的忌口部分源自於我爸的貨品。

比如說一樓後區，我爸常在那兒工作，藍色桶子裡是漂白水，他自己到店裡買空罐，然後用幫浦器，抽出溶劑，分罐裝入，最後是我姊和我的工作，將標籤塗抹膠水，然後黏於罐上。標籤樣式千篇一律，簡單的裝飾花紋旁印上漂白水三字。一回，拿到一張張方形白紙，只有手寫「高級漂白水」五字，十分潦草，搭上高級二字，有一種唐突的喜感。

紅色水桶裝的則是洗衣膏，需要一只漱口杯和漏斗，將漏斗塞入瓶口，舀一杯倒下，那黏黏稠稠的白色膏狀物流速緩慢，必須抖動，才看到洗衣膏一部分一部分，啪，啪，掉進罐子裡。

不知為何，對這種黏稠物體總有一股抗拒，大理石地板一塊一塊青黃，全是被這些清潔用品染了色，但最主要還是味道，洗衣膏與漂白水味混合，是酸到極點的刺鼻嗆味。洗衣膏的味道與杏仁有些相似，但杏仁還是淡了多，不過，每每聞到杏仁味，就會讓我想起我爸杯裡流也流不動的洗衣膏，而杏仁又是純白食品，兩者長相幾乎一樣，光是看到，嘴裡就湧起一陣酸，苦澀味自發而出。朋友說沒那麼誇張啦，杏仁味甜，質溫和，對身體很好，苦口婆心勸告多喝，我依舊跨不過心理障礙，敬謝不敏。

看著朋友一口口喝進杏仁奶，總有股衝動叫他站起來抖一抖，這樣杏仁才能順利流進體內，若是都塞在喉頭可就糟了。

兒子

我爸一直有當兒子的命。

身為他的兒子，卻看著他到處成為別人的兒子。年幼時，他身體不好，我阿媽三天兩頭背他到嘉義看病，後來遇到一位算命仙，說除了我阿公之外，我爸還得當別人的兒子，才能解病痛纏身之苦。

我阿媽幫他另外找了三個爸爸，一個是市區的城隍老爺，一個是鄰村的遠房親戚，最後一位是熟識的鄰居。當城隍爺的兒子比較簡單，先去廟裡懇問，得三個聖筊受允，每年記得要定期還願；若認的是朋友親戚，則要祭拜他人祖先，當面喚阿爸，表示入門，離去時帶走一包米和一壺水，返家必須吃盡，表示共飲一口水，共吃一口米，情分從此改變。

當別人的兒子，每到閏月，則要拿麵線前往拜訪。我爸說這禮俗一直到我們同與村裡鄰居遷居高雄時，仍維持著，不過，我卻沒什麼印象，只知道有一個阿公也住在高雄，逢年過節時總要去寒暄，他喚我爸「芳名」，這是我爸小時候的名字，由於我阿公早亡，反倒與這個高雄阿公有更多互動，談笑之間，我爸幼年的身影不時流露其中。

聯繫這些關係的不是血緣，而是情分，一開始我爸要我喚他阿公，仍有些抗拒，總覺得奇怪，阿公只有一個，怎麼可以到處亂叫，沒想到年紀愈大，要叫的竟愈來愈多了，隨他出門，見到年紀大的顧客，一律親暱稱呼阿公阿媽，這些人跟他有更多情感上的互動，靠著四處奔波的宣傳車，一針一針，織出連結彼此生命的網。

早期，東港一位獨居阿媽常捧他的場，我爸也喜歡與她天南地北亂抬槓。阿媽視他如親生兒子，竟主動要求將貨物置放她家，幫忙販售，這樣我爸就可以輕鬆點，還能多跑幾處。我與阿媽也有一面之緣。一回全家受邀吃喜酒，一見我爸，興奮，親稔握住他的手，喚孫子過來，稱我爸叔舅。但後來我爸生意漸差，到東港的時間愈來愈不固定，說來也是緣分，那回相隔好幾個月，來到阿媽家，竟發現她過世了，棺柩還停在廳堂，我爸相當難過，出殯當日，他也出席，阿媽是基督徒，棺木上結著白巾，沿邊緣落下六處，我爸同她兒子各執一處，扛上一角，送她最後一程。

還有一位阿公，與我爸關係更好，常主動來我家拜訪，每回見到，總是提著兩袋滿滿蔬菜和水果，笑咪咪的說，這是我們種的啦。

阿公阿媽住在偏僻村落，做生意碰著了，若到吃飯時間，總是熱情，不同桌吃飯，絕不讓我爸離開。一次，阿公身體嚴重不適，必須趕到市區，我爸立即擱下宣傳車的生意，回家換車載他直奔醫院。之後，不僅是兒子，這阿公甚至都把他當兄弟看待了。

搬離了高雄，我爸不時還會掛念這些老客戶，不知他們如今安好？這位阿公，是唯一一個特地從高雄來訪的客人。那天，我爸在廚房忙了很久，烹煮菜餚，門鈴一響，老夫妻來見兒子，雙手滿滿蔬菜依舊沒變。大家相談甚歡，聊起過往，酒一口接一口，阿公娓娓說起搬走後高雄的變化，叨唸著我爸都沒回去看看他們。我爸笑得燦爛，話也變多了，好久了，我沒有看他這麼高興過，東遷西移的生活，總是走過就沒痕跡，還好有這個敲門到來的阿公，帶著過往濃濃的情分，來到我們現在，已然改變的家。

我真正的阿公阿媽很早就走了，「兒子」對我爸來說，很早的時候，就是一個懸浮的身分，有了我之後，又慢慢找到附著的實體。然而，這身分總不安分，愛撒嬌，不時出沒在他生活中。多年前的一天，也是這個阿公，突然出現門口，那時我媽還在，馬上準備小菜，催促我爸返家，那回，我爸也是喝得爛醉，還被我媽狠狠罵了一頓。老夫妻離去的身影我仍有印象，舊型的野狼一二五，腳一踩，發動，阿公坐上，阿媽扶在背後，身著白襯衫和紅尼龍外衣，離去前還不忘叮嚀蔬菜要趕快煮，接著，引擎隆隆，但速度緩慢地，消失在巷子另一頭。

故事

電影中的美滿家庭總是這樣演的：打開柔和小夜燈，躺在軟綿綿的彈簧床上，厚厚的棉被還畫有可愛的小熊維尼圖案，父親坐在床邊，打開一本圖畫書，一字一句唸給小孩聽，睡不著時，一直吵著還要再聽一則故事，父親此時和藹的瞇著雙眼，耐心安撫小孩，又拿了一本圖畫書說著，直到小孩眼皮沉重，睡去，才向鏡頭微微一笑，熄燈，關上門。

這種畫面若真的發生在我家，反倒有一種錯置的尷尬氣氛，小時候，整理完貨物，我姊和我一同到房間鋪好棉被，床上地板各睡兩人，一家四口共擠一間房，房裡只有衣櫃，不可能出現圖畫書。等到我爸媽進房來，通常早已熟睡，如果還睜大雙眼，我爸看到，絕對免不了一頓罵，警告著明天起不來就小心點。

因此，我家從來沒有溫柔的枕邊時光。很小的時候，我就已經了解到，我爸的故事不在特定的時間出現，也不存在於書本中，全都來自他的宣傳車，販賣貨品的同時也採擷動聽的情節，然後帶回來，餵養我和我姊，故事裡的主角不是王子、公主，更不會出現城堡、花園，全是他經歷的場景與人物，我爸有時是故事的主角，更多時候是旁觀者。

他的故事一向實際，紀錄出外討生活的眾生相，真實情節環繞生活本身，隨時有最新的變化與發展，就是沒有結局。在小港紅毛港，他曾經遇到一個賣了三十年海豚肉的小販，個性爽朗，愛開玩笑，推著一台車，調侃語氣說著海豚已被他從非保育動物賣到成了保育類動物。被警察抓了幾回，但出了獄，仍重操舊業，開朗的他不以為意，賣好幾年，早習慣了。每每提到他，我爸總咧嘴笑，像收聽廣播連續劇一般，總有不同劇情發展，若沒出現在老地方，八成又被抓走了，但等時間一到，他又會返回到原地，來來去去，像定時器般。

還有一回在大樹鄉某眷村，一位打扮端莊、穿著連身長裙的清秀女郎遠遠走來。身旁婆婆一臉嫌惡，神祕兮兮的將我爸拉到一旁，低聲告知：「這『賺食查某』，一早把自己打扮得成上班女郎一樣，特地從城裡搭車來，其實是來做『黑』的，與單身老兵進行身體交易。」我爸看了女郎一眼，又趕緊轉過頭來，怕四目交會惹來誤會。光看體面的外表實在無法想像，原來還有這樣的職業，之後每每到眷村做生意，他總會特別小心年輕女子，避免有所來往。

有時，他也成為鄉野傳奇的代述者，尤其是充滿本土味的地名，坐在車上，總愛出題考試，為什麼這地方名中有「崁」？「埔」是什麼意思？但總不等我們思考，就馬上公布答案，接著是一長串的地理故事，包括是哪個顧客說的也詳細稟告。一則則的民間故事，其中最傳奇的便是嘉義水上機場內的萬人塚陰廟，據說是清朝時鴨母王朱一貴起義，在嘉義與官兵發生一段轟轟烈烈的戰役，死亡的將領被當地百姓供奉，特地建了一座廟，若有新官上任，必要到這祭拜。廟口兩邊對聯寫著「文官到此要下轎，武官到此要下馬」，曾有武官不信邪，騎馬欲闖過此廟，結果一到門口，馬兒腿軟，武官跌落，一時傳遍各地。

身為故事的引領者，他也愛循著故事的步伐探索。等我們大了，更積極讓我們體驗他的故事。陰廟被納進機場內前，已分為南北兩廟，建於水上兩處不同村落，各有信徒。我爸曾帶我到南廟參拜，要我攀廟柱，望機場，注意遠方有無一幢建築，那或許就是傳說中萬人塚陰廟，我奮力遠望，只見軍用卡車來回穿梭和一片綠油油草地，我爸抬頭問我看到了嗎？眼神異常急切，我先是停頓，接著點頭，他掛念的臉終展笑容，安心了。那一刻我才體會，故事真假並不重要，故事本身，足以代表一切。

隨著大環境的改變，過去繁華的點滴，也成為口中的一則傳奇，似乎藉著反覆述說，便能重回黃金歲月。嘉義觀音瀑布那個賣肉粽的老阿媽總在此時出現，斗笠，布幔纏下顎，深藍外衣，挑著一根扁擔，粽子在籃內晃啊晃的，佝僂地走在通往瀑布的潮濕小徑上，那時經濟一切都好，老阿媽還走不到瀑布，籃內的肉粽就賣完了，趕回家補貨，然而，卻同樣又在途中被遊

堆滿雜物的木櫃，從前是我家戲劇道具的擺放地。

客買光，忙碌一天下來，連瀑布的影子都看不到。

好多年前他也像老阿媽一樣，總要回家補貨好幾次，但故事往往不在美麗時停駐，兀自發展，令人難以預料。好幾次，我也曾對他的故事感到疲累，那周而復始的，都是另一世界，我雖想親近，卻有距離。習慣了美好結局，這些現實人生無法滿足浪漫幻想，人人信仰的公主王子美好未來，才更接近我以為的永遠，不過，我爸依舊優游在這些故事裡，專心於現實、鄉野和過去；而我仍然矛盾的面對自己，有時專心傾聽，有時卻又亟欲向他述說自己的故事。

手排車

考上駕照的那一年暑假，我爸要我跟他出門做生意，說是要教我手排車，結果不過開了一百公尺，卻陪他做了一天生意。

聽了一路的故事，這戶人家那戶人家誰誰誰怎麼樣，接著又說起與以前的顧客感情多好，還來家裡作客。我盡力裝作有興趣，卻只想趕快回家忙自己的事，還好他沒察覺。這帶山區他已來了好幾次，炎熱的午後兩人在路邊樹蔭下休息，我爸要我睡在車裡，自己則拿出紙箱鋪在地上，閉眼休息。

雜草和小雛菊在他髮間搖晃，他揮手趕走蚊子和蒼蠅。

睡不著，走在村裡，四面寂靜。有多久沒有坐在這台卡車上了，小時候坐在車上總是哇哇大哭，陪我爸出門做生意通常是種懲罰，出了門沒了卡通、沒了漫畫，只能乖乖待著，像關進牢籠，一舉一動受制於人。每回不聽話，他總說，再吵，就載你出去做生意，於是安靜。一個安靜，眨眼過了這麼多年，我爸走過了許多我不知道的地方，我也沒去問他怎麼過日子。

車子彎進了山間小路，曲曲折折，路上見到一位老人蹣跚走上山，他親切喚著，老人上了車，兩人如故談了起來，我彷彿是另一個世界的人，不自在。

我爸對老人說，以後無法經常出來賣衛生紙了。我瞪大雙眼。之後他口氣無力，抱怨生意愈來愈不好，一台車常常要兩天才能賣空，許多人家光是加油站送的衛生紙都用不完，哪還需要出門購買。這時，我才察覺四周全是紙殼的加油站衛生紙，總是抽得順手，完全不在意。我爸說已經找到一間工程公司，過不久會跟他們一起蓋房子。

我想起剛剛開著「大台車」不耐的情緒，心中一處彷彿枯萎了，我爸認真地教我一檔二檔，我不熟練，他皺眉，躬背，容易緊張的個性比我還慌，只要稍遲一些，他馬上出聲警告，手隨後就到，我倔強咕噥知道怎麼弄，轉過頭看去，他更消瘦了，雙頰陷下，話語因為缺牙聽來模糊，他身後是夕陽，車子內殘留昏黃餘暉，腳踏的是一向放在鄰座的象頭肥皂，移去之後較易指導，而我踏的是油門，方向盤握在手裡，這台車子的控制權現在交付給我。我不習慣。

其實我是怎麼都無法掌握這台車的，窗外的風景似乎滯留不動，難道是被後頭沉重的衛生紙拉著了？車子走得吃力。沉重感壓身，腳旁賣力運作的電扇，完全去除不了車體被烘烤一天的高溫，這位置我爸坐了二十年了，多少汗水在這裡乾了又濕，濕了又乾，從輝煌到沒落，他的手加上這台車，曾幫家裡排除多少困難，如今，卻也走到動也動不了的一刻。我爸要我開慢一點，愈慢愈好，終於到這個時候了，我們彼此換了位置，他年輕時衝得太快，快到沒有辦法掌握一切，慢一點，他這麼說，在我人生要起步的時候。

老人在村裡唯一熱鬧的街道下車，四周湧來買東西的人，我爸微笑對著每個人，好開心，討價還價，話家常。但我卻看到另一個他，正在工地裡爬上爬下，混凝土沾滿身，拿著鏟子吃力翻土，黃色的工程帽取代灰褐帽子，斜背錢袋不知擱到哪，微微顫顫扛著重物，走上竹架，雙手搬著磚塊。

那一個一個磚塊，卻是車裡一包一包的衛生紙，二十年來的軟磚頭。

我們一家人在旗津海邊。

舊時圓山動物園裡的大象。

卷四·美少女戰士的預言

我們家分成了兩個「二分之一」，
在找到「家」之前，
先把手上的行李放一邊，開始過日子。
一場「不專心」的搬家，就像被擱置而無法完成的動作……

雨的可能

停水的那段日子，我曾經作過這樣的夢。夢中的捷運站人潮擁擠，剛剛下班西裝筆挺上班族、拿著垂掛琳瑯吊飾手機的高中女生、總在車站附近徘徊叫賣口香糖的老婆婆，跟許多看不出樣子的人相互簇擁。他們盯著捷運站的跑馬燈，屏息，緊張，耳鳴作響，機器以緩慢的速度吐出一個又一個字，專注的目光像賭馬客，開始了，瘋狂的馬兒正死命的朝前狂奔。

今天是……北投、淡水、八里停水。

然後是一連串的歡呼聲，許多人開始開香檳慶祝（就這麼憑空冒出來），彼此手臂高舉，互相敲打對方的杯子，捷運站頓時飛滿繽紛的彩帶。有人跳舞，歙動的唇說著不知名的語言，笑容在脫序的氣氛中，恣意擴大起來。

同時，另一群人躲在樓梯下小小的「夜間婦女等候區」唉聲嘆氣，心情黯淡，連地板都變成黑色。他們表情模糊，動作遲緩，如同一張張暗色的剪影。我在其中，卻極為突兀，清楚的五官和穿著，是種不被接受的清晰。

這夢總能在隨意之處戛然停止，留下一身冷汗的我。這無限期的停水，變成一種不安夢魘。

一開始，還會去記下哪一天是停水日，然後前一天儲存一大盆、一大鍋的水，後來日子忙了，也搞不清楚哪一天停水，總是要靠直覺——是不是五天了？還是七天了？——每天一早，扭開水龍頭像是一場考驗，如果沒水了，便一陣沮喪。（怎麼辦，連上廁所都要小心。）

夜裡，我爸打電話來，無力地向他談到這不知何時才會終止的限水，白天亮晃晃的陽光殘存餘熱，房子電扇嗡嗡運作，我的口氣像是抱怨、又像是炫耀的說：「喔，你都不知道，一直都不下雨，一星期至少停一次水。有時還停兩次。」

我爸在電話那頭，用另一種炫耀的方式：「我們南部沒這樣，每天都有水。」聽起來怪刺耳的，我跟他說，一直都不下雨，這幾天有時天陰得可以，雲重得快掉下來了，一滴雨也不落。

「怎麼會呢？」我爸說：「以前不會這樣！」

（民國六十七年，冬天，台北雨量二百八十五公釐，下雨日子一百零五天。）

據氣象報告指出，這次嚴重的缺水，主要由於去年冬天的雨量太少，外加梅雨季節的雨量不如預期，所以不得不開始限制用水量。

第一階段，非日常性用水開始限制供水，如游泳池、三溫暖、洗車……

我爸有多久沒有來台北了？一副南部人自居的樣子是從什麼時候開始的？

我爸帶我們全家離開台北的時候，我還小，只記得是一個下雨天，天空細緜的雨如掛簾，垂釣在盆地。天色尚早，我睡眼惺忪，坐在客廳大包小包的行李中間，看他吃力開著門。那門是由許多木板連接而成，每天我都這樣看著他，一塊一塊的取下，再一塊一塊，順著軌道，接湊一起。

木板上布滿黑黑髒髒的黴屑，我爸的襯衫常常沾上也黑了一塊，他說，因為下雨的緣故，所以木頭會發霉。我看著上頭的黴屑，毛絨絨的，盤據的軌道像精心設計過似的，當所有的木塊集合，便會形成美麗的波浪。

那是雨走過的痕跡。我坐在我媽腿上，我爸取下最後一塊木頭，從家裡拿出袋子，隨即關上門。他開著馬自達黃色的小貨車，雨刷在我面前來回，景色模糊、清楚、模糊、清楚，然後，到了他租賃的小倉庫，景色模糊、清楚、模糊、清楚，他搬了好幾箱東西過來，動作在雨刷間變得斷裂而獨立，紙箱被雨滴到，顏色頓時濃重，柔柔爛爛。我媽很慌忙，抓我的手有點用力。扭動身體，她要我安靜，乖乖坐著。

這雨下得安安靜靜。到現在我都還記得。

沒有聲音。沒有配樂。我腦子出現這雨的場景，只有畫面，灰濛濛的前方，嘗試掩蓋視線的薄翳，和我爸我媽沒有交談的言語。內在的喧譁。

那時我就知道我們不會再回來了。車子駛上寬廣的高速公路，冷意撲來，我偎緊我媽的身子取暖，感覺她的呼吸起伏劇烈，抬頭看她，她的眼睛紅了。更冷了，我靠得更緊。

空氣是冰的。冬天的台北，空氣總是冰的。

（民國七十二年，冬天，台北雨量二百七十公釐，下雨日子一百零一天。）

第二階段的停水措施開始要實施了，由於天空不作美，遲遲不下雨，翡翠水庫的水位直直下降，為了市民福祉，大台北地區開始分成五區，五天輪流停一次水，請各位市民，要注意，前一天儲備足夠的水。馬市長在電視上，臉色嚴肅的說。

慢慢長大了，台北的記憶在浮泛的時光中淡去。（那是一段不堪回首的過去。我爸不和我們說，關於那幢房子和台北支離破碎的生活，失敗的生意和還不完的債務，我爸說，就把它們留在台北好了。）

我開始習慣南部豔陽高照的好氣候，記憶殘存的濕冷，在四季如夏的氣候裡，慢慢風乾，稀釋，消逝。我和所有在南部長大的小孩一樣，赤著腳在田埂裡奔跑，下了課，在巷口玩著「閃電滴滴」，過去的一段就在藍天白雲的天空中變得稀薄。

所謂冬天，到了元宵節，就可以開始吃冰了。

但是，消息猶然從四面八方傳來。當我咬著一口冬天的枝仔冰時，新聞正播報北部年節氣氛逐漸淡薄，我從畫面中看緊裹大衣的女郎，背景是灰灰暗暗的天空，大風將女郎的髮絲吹得招展，恣意飛舞。身後的人群，不發一語，安靜的經過鏡頭。冷意透過電視傳遞而來。轉台，稍早的畫面是陰暗不停的細雨，俯瞰的畫面見到一層灰膜掩蓋住城市的輪廓，街上沒什麼車子，寂靜的巷道只有紅綠燈閃亮，雨如織，沒有聲音。

看了電視，我爸說，這裡的天氣比較好，不像北部，又濕又冷。我們父子倆穿著短袖，而外頭的陽光燦爛得跟什麼似的。

（民國七十七年，冬天，台北雨量二百五十七公釐，下雨日子九十三天。）

那個時候開始，我喜歡緊裹自己，制約般的，我想要感受那種徹骨的冷意。（遠從台北下來的姑姑一到，馬上脫去重重的外衣，她說，啊，這裡怎麼像冬天，一點都不冷，台北現在一直只有十來度，跟你們說，不下雨還好，一下雨，整個城市長滿抹不去的塵埃一樣，不，是黴

兒童樂園的回憶

菌，衣服都曬不乾。整天模模糊糊的，連空氣都是冰的。）

彷彿被喚醒了什麼似的，我眼睛一亮，熟悉的感覺窸窸窣窣爬回身體，我媽的淚和濕冷的空氣再度回到身旁迴異的環境裡。而我姑姑說，你還記得你小時候住在台北的事情嗎？圓山動物園嗎？還是兒童樂園？我的記憶跟泛黃的相片全都牴了觸，相片中的圖樣依稀可尋，但腦裡的影像處理程式卻抹上一層灰，看不清楚。所有的過往都和雨劃上了關係，冬天，變成我們全家出遊的唯一季節。

從我眼中看出去，摩天輪正以穩定的速度繞著圈圈，綠樹和枯枝交錯，岔雜的枝椏垂掛欲滴的水珠，在我的瞳孔放大、放大，成為一個搖晃的鐘錘，擺盪、擺盪。定眼一望，所有的水珠承載一切謬亂的過去，於是，在七彩的反射裡，我看到自己和林旺交會，冷冷的天氣牠躲在房子裡不出來，我哭鬧，還是不出來。終於有聲音，是我媽說走了，而畫有科學小飛俠的傘正奏出雨絲滴答的圓舞曲。（你知道嗎？馬蘭過世了？還有，兒童樂園怎麼變得那麼小？坐捷運過去，伸出手掌，就整個蓋住了。）

熒亮的圓山飯店前的灰白廣場因雨成了黑色的禁地，我和朋友只占據路燈下一塊空地。雖然下雨我們卻沒有淋濕，仰頭看去許多昆蟲撞擊燈泡，雨滴像針一樣往我們臉上撲來，答，答，答，不會痛，滲進身體裡，變成脫不去的幻想原形。翻開相簿，薄薄的一層灰，什麼時候沾上的，是從台北帶下來的嗎？

那個又濕又冷的台北嗎？

（民國八十二年，冬天，台北雨量二百三十四公釐，下雨日子八十天。）

就是這個感覺，多年後上台北，一下車空氣充滿冰冷的氣息，我大大吸了一口，有種想哭的感覺。

畢業旅行的車子在市區裡晃蕩，從南部來的一群小毛頭看著陌生的城市嘖嘖稱奇。我和鄰座同學望向一個穿著大衣的女人發呆。

「看她這樣穿好冷。」

「對啊！」

玻璃窗上開始沾上碎裂的雨絲，我能感覺到那種力道，完整的線條斷成四五段，一條、兩條、三條……這趟旅程，我們一路與雨搏鬥，整個台北被濃鬱的烏雲籠蓋。漸漸的，玻璃帷幕變成一片潑墨，雨水溶蝕所有景色，層層色彩混雜，有聲音，雨滴在車頂上滴滴答答。觸摸玻璃，一股寒意浸透而來，沿著易感的神經，觸擊懼寒的細胞。打著牙顫。不清楚的城市只剩下如網錯亂的光亮，和雨傘簇擁時閃動的光影。

「你以前不是住過台北？這些地方你還有印象嗎？」

（民國八十七年，冬天，台北雨量二百一十二公釐，下雨日子七十四天。）

來台北的第一年，是所謂的暖冬。沒有又濕又冷的氣候。天空常常藍得很快樂。

我品嘗家鄉的天氣滋味，高興的在大安森林公園裡獨自漫步。沒有枯木和落葉，綠油油的一片，春夏秋冬都一樣。

那一年冬天，沒有什麼雨，也不冷。

打電話回家跟我爸說，台北根本沒有你說的那麼冷。心裡得意洋洋，複雜情緒密密麻麻。

我到底在期待什麼呢？

面對不斷下降的雨量的上升的溫度，我要去挽留的，漸漸被稀釋、淡化。消匿。看不到什麼了。

只剩下自導自演的錯亂舞台劇。

（民國八十八年，冬天，台北雨量二百一十公釐，下雨日子七十二天。）

（民國八十九年，冬天，台北雨量二百零八公釐，下雨日子七十天。）

（民國九十年，冬天，台北雨量二百零五公釐，下雨日子六十九天。）

過不久，這座城市就開始進行大規模的限水措施了。

游泳池

十歲左右，第一次看到一九七四年出品的電影《七寶奇謀》（The Goonies），故事敘述一群小朋友意外中找到傳說中的海盜寶藏圖，因所居住的社區即將被變賣拆去，幾個可稱為是小英雄的傢伙，勇闖惡人禁地，重新返回失落已久的尋寶之路。沿途當然不免有海盜遺留的驚險關卡：滾落的石頭、彈錯了便落入地底的管風琴，還有精密的秤重天平，一不小心海盜船將會駛離；當然，一定有不想費力卻覬覦寶藏壞人追逐在後。

電影有一幕，是主角闖過重重關卡，並溜過現在流行的三百六十度超高滑水道後，衝進了暗黑的水窪，緊接著仰角的畫面，一艘載滿黃金的巨大海盜船同時映入我和主角們的眼簾，陽光從罅縫中閃熠了整個船身，帆桅直挺著幾乎碰上了岩頂，變換的鏡頭照著水面上的人頭顯得渺小。每回想到這樣的畫面，那艘海盜船和暗黑的水窪總會混在一起，驚喜的感覺竟轉變自那水窪，水波晃動黃金般的光亮——那樣的光亮，不知曾在我幾歲的眼中盪漾過了。

幼稚園的年紀，家門前的秀朗路還是心目中無法穿越的大馬路，我和我姊只能從家旁的兩條小巷子往後走去，往新店溪的河堤去玩耍。中和住宅區的巷弄總是如迷宮，我們熟練的從第五個紅門轉彎、第七家理髮廳前行，遊樂場如同指南針隱隱指引小孩的方向，舊的草地新的公園，不論什麼地方最後還是到得了。直到游泳池突然在河堤上出現，無預警的挖去草地一角，我卻怎麼也想不出來這是何時開始建造的。一窪水池擠滿人潮，陽光炙熱，各種顏色披戴在他們身上，游泳圈和少少的衣服，一旁還有旋轉滑水道，可以聽到尖叫。那是新的領域，我們驚喜張大眼睛，所有愉悅的表情在空氣中放大，一個爸爸抱著小男孩，手臂縛著簡單的浮水器，爸爸呵呵笑著，水花嘩啦啦掃過他的臉，我覺得他比小男孩玩得還盡興。

我和我姊興奮的跑回家，也想要體會那爸爸玩得比小孩還入神的狀態，但我媽坐在客廳的工作桌上，沒有表情面對桌上的一張張紙條。我家白天的時候不開燈仍顯暗，我媽的臉有一半削在陰影中，她低著頭我們慢慢踅過去，拉著她說，後面有一個新的游泳池，我們想要去玩，因為要錢才可以進去，可以給我們錢去玩嗎？我媽不發一語，就像玻璃櫃裡的鍋子一樣，沒有反應，我和我姊不敢動作，站在一旁，突然，我媽說話了，我們家沒有錢啦，游什麼泳！沒錢啦！

那時並不真正了解沒錢的意思，只當作是一種不給玩的說法，我和我姊走回河堤，游泳池裡的人群依舊嬉鬧，不知怎麼去處理那樣驚喜又落空的感覺，我們走在河堤上遠望，指南針發掘了新地點，卻未必是我們可以闖入的領地，我第一次意識到有些東西就是有隱形的門，你敲了敲只能證明有東西擋著而你進不去。然而幸好有快樂的電影，給我們 happy ending，如同《七寶奇謀》，畢竟誰能忍受一群小朋友驚聲尖叫一個多小時、全身濕淋淋還被手槍架住頭之後，家園依舊被怪手奮力一摧，全沒了，若真是這樣，這部影片將會使許多小孩提早體會「幻滅就是成長的開始」這句話——在他們猶在摸索成長的時候。

倉庫

依我爸形容，本來他是不想把五金行的生意做大的，賣一些簡單的器物就好，但我媽總認為只要客人要求，家裡卻沒有的話，客人吃過一次閉門羹，怎麼還會再來呢？

我爸跟我媽溝通過，店裡不要訂購太多貨品，賣不出又無法退貨，老本全都卡在流通貨物之中，動彈不得，但我媽卻堅持她的方式。其實兩種做法都沒有錯，只是我媽搞不清楚「五金行」這名字的範圍，「顧客為上」蓋過了一切，客人無意的詢問，都讓我媽認真起來，五金行變成了百貨舖，這是我爸始料未及的，但訂都訂了，店裡的空間不夠放，我爸當時還在經營泥水工程行，許多工具傢伙也得找地方放，於是租了對面的一間房子當作倉庫，開始堆放滿溢的貨品。

五金行的貨品並非高大之物，所謂倉庫也是一棟一樓平房，雖然只是對街的距離，但我爸媽總以有危險之虞，不讓我進去。一日下午，與隔壁鄰居婆婆一起聊天，她突發奇想問我要不要去探險，終有機會可以一探究竟，我馬上點頭，一同穿越馬路。那是淡藍色的房子，二樓小小一層，婆婆開門走進，滿滿紙箱，上面寫著許多我還讀不懂的字，抬頭看，窗戶的位置將近天花板，給人一種反倒到了地下室的錯覺。

天花板全都是蜘蛛網，卻沒蜘蛛在爬，倒是房裡的潮濕味，灌進鼻子時，如蜘蛛的絨毛腳，正緩緩爬進去鼻腔，不舒服。一老一小，踩在沿地板隙縫長出的雜草上，像賊躡手躡腳，我看到婆婆一臉雀躍，比我還享受這樣偷偷摸摸的氣氛，她一口標準國語，常在中永和聽到，許多隨國民政府播遷來台的老兵將士們，都住這一帶，而我爸，為了求發展，從南部隻身上台北來闖蕩，不論什麼原因，他們都到了異地落腳，我在異地誕生，婆婆卻等著在異地離開。

房子裡還有一些雜物，零散，是之前人家遺留下來的，這棟房子還有別人嗎？我好奇，問婆婆，地上這些東西可以拿走嗎？還有些玩具可以玩，婆婆說得緩慢，卻很興奮：

「好啊，我們拿走了，那我就是大偷，你就是小偷囉。」

不知為何，這句話至今猶然清楚在耳。

四 神奇

紅色的達克達，沒有油的時候還可當腳踏車騎，我姑姑總是這樣載著我，寬寬平平的座位，一把拉我雙腳懸空，晃啊晃著，然後像騎腳踏車一樣，一隻腳先大力踏著踏板，用齒輪帶動鏈條，鏈條發動引擎，一次一次又一次。從後頭看過來，扁扁的達可達實在看不出可以支撐兩個人的重量，但是它還是辦到了，我姑姑兩腳跨坐，達可達一路達達達，在尚未鋪好的碎石路上顛簸，晃啊晃著。

滿地的紅蟲是沿途的風景。在臭水溝還沒有鋪上蓋子的時代，也沒有人定期清理的時代，黑漆漆的水裡，總有一條條像線絲一樣的紅蟲，如彈簧般扭著動著，等牠們爬到岸上，成為一隻隻肥嫩的蟲子，稍稍碰一下，就捲成一個僵硬的漩渦。整條路被漩渦包圍住，我彷彿繞著圈圈，在原地直直打轉。

打轉打轉。就轉到了一家錄影帶出租店。

的確，錄影帶出租店常常令我目眩神迷，那時還有大帶小帶不同樣式，我姑姑帶著我往內裡走去。在黑嘛嘛的小暗房裡，常常是些最新的片子，但是有殼，沒有說明，只有簡單的紙盒包裝，老闆總是機伶的說，有新片來了，架上的片子，和現在電影院播放的一模一樣。這裡頭暗藏的精巧一直等到我開始關心當紅影歌星時才略略知曉，不過當時的我，只是熟練的穿過暗黑倉房，直闖我的卡通世界。

暗房另一邊，則住滿了小鹿斑比、睡美人、白雪公主，他們擁有明亮的日光燈，和貼滿可愛貼紙的鐵架。童話世界在這兒繼續延伸，在書中讀到的，全都成了影片活躍。我一捲接著一捲拿著，已經將所有的課餘時間算好，星期一是三隻小豬和高飛狗時間，星期二是米老鼠大戰唐老鴨，等到姑姑眉頭一皺，我才知道該收手了。

朋友們，快來吧，大家來唱歌兒吧，
手牽手，向前走，穿過山谷和村莊，
為了人類幸福我們永遠永遠不退讓，
來吧，來吧，向前向前進。

這是一部叫做《四神奇》的卡通。雞、狗、驢、貓四隻被人棄養的小動物，因為意外拯救了外星人，而變成人類，為了幫助其中一隻動物找尋小主人，他們組成樂隊，翻山越嶺，沿途，這四隻動物張大嘴巴，把這首從搖籃曲改編成了「勵志歌曲」唱得響徹，林間小路、鄉鎮通衢，滿滿都是呼喚的聲音。小孩子們一聽到他們的歌聲，一個一個跟在後頭，拍著手，躍著腳步。彷彿《魔笛》的情節，音樂引來所有的小孩。

但還是沒找到小主人。

故事就在找尋和冒險的歷程中開始。當時的地球上有一位獨裁者，武力侵略各地，企圖控制全世界，到處引發戰爭，來觀測地球的外星人也無妄遭殃遇害，只留得這四隻成為人的動物。由於喜樂，他們成了愛與和平的使者，卻與獨裁將軍對上，成為了敵人。將軍下令要將他們殺掉，這時他們卻發現，小主人竟然被將軍抓走了，並住在城堡裡……

在看過了小矮人救了N次白雪公主，王子與巫婆大戰第N回合之後，這部卡通一下子成了我的最愛。四隻動物變身的畫面至今記憶猶新：拿了一片葉子，放在額頭，畫面開始各部位特寫，蹄漸漸分裂成了五指手掌，長長的耳朵縮小，尾巴消失，整個身軀站立了起來，耳聰目明。也跟這些變成化身為人的動物一樣高興，那時我也是以為自己可以變身的——只需要一片葉子。

所以，我和我姊及一個一天到晚拿著紅蟲往別人身上丟的表弟，開始收集各式各樣的葉子，只要找到對的葉子，就可以超脫人類的模樣，尤其在外星人是否存在搖擺年代，我們總是嘗試尋求一種方法，去證明總有一天，我們也可以騎著腳踏車，載著ET飛上藍天。

樟樹、榕樹、木棉、黑板樹、變葉木、颱風草……

然後放在額頭。

默念。

然後事實證明，還是一樣，兩隻腳兩隻手，一雙眼一雙耳。我們其實早就知道，變身並不存在於真實世界中，但我們沒有沮喪，所有的物件完成了我們的幻想天堂，披被單當古人，或是戴鍋子當戰士，整個空間成了漫畫及卡通的代言品，只要一個想法，就能扭轉所有既定的事情。

我們就學著卡通裡的主角，哼著歌兒在巷口呼朋引伴，為展開一場冒險而興奮，其實再遠不過是轉角一片草原，但裡頭暗藏玄機，蚱蜢或是螳螂，最恐怖的是隱形的魔鬼黨，我和同伴各自找好位置，發射槍砲，往天空砰砰砰，往圍牆砰砰砰，往對方砰砰砰，然後一哄而散，分別回到自己的堡壘，等待下一次的出擊。

親愛寶貝，媽媽的寶貝，閉上眼睛睡覺，

搖著船兒，輕輕地搖，進入睡夢鄉，

等到天亮，公雞喔喔叫，歌聲好輕揚，
寶寶睡著了。

這是這首歌的最初版本——小主人的搖籃曲。故事初始，四周一片寂靜，遠方的大樓還穩妥妥的站立，田野傳來蟬與蛙鳴，貓兒尚未成為一個美麗的少女，牠安詳的躺在窗台，望著外頭靜態素描的風景，看了一眼小主人，他窩在母親的懷裡，柔和的燈光映照出粉紅的笑容，如流水洩出的歌聲充滿整個屋子，貓兒看著小主人漸漸闔起雙眼，自己的眼皮沉重起來，唱到了「寶寶睡著了」時，大家就這樣什麼都不管，飛到遙遠安寧的世界去了。

就在下一刻，炸彈突然飛竄，爆炸聲四起，遠方的天際是一片血紅，大樓倒在瞬間，貓兒醒來，趕緊向外逃，一回頭，原本寧靜的家已被炸燬，牠與小主人到處跑，想找母親，但在廢墟中，看到剛剛撫摸小主人柔和的手，從水泥和瓦礫中伸出，一動也不動。

一樣是安靜，卻是悲涼的安靜，貓兒和小主人沉默地走在殘垣斷壁的小徑上，蟬聲和蛙聲停止了，漫無目的。小主人沒有哭，只是茫然，他們身上沾滿灰塵，從此淪落街頭，直到見到將軍，命運改變……

這樣的開頭我至今仍記著，那或許是大戰陰影未了，又或許是對未來的不安而有所預言，電視上的卡通如《無敵鐵金剛》或《科學小飛俠》一般，總是提示你生活中充滿許多魔鬼黨與壞人，儘管白天運用想像力作戰，但在深夜裡卻不住打顫。

曾翻過一本鐵金剛漫畫：寧靜的夜裡，從天而降的坦克和機器人悄悄進駐小鎮，從裡頭出現一大堆戴面具的士兵，他們挨家挨戶搜索，將人趕了出來。驚恐的居民聚集在廣場，被槍抵著，一動也不動，小孩哭鬧也撫慰不住。雙面人一副驕傲的模樣，哈哈哈的恐怖奸笑充塞整個畫面，他高聲宣布：「為了慶祝我們的生化機器人誕生，女人全都成為奴隸，男人和小孩都成為他的奉獻祭品。」

下一個畫面，就是機器人眼睛發光的樣子，在黑暗中，炯炯有神。

那讓我好幾天都睡不著，翻來覆去，眼睛睜開怕看到從天而降的坦克，不睜開又怕真有人衝了進來，我沒有繼續看下去，想當然爾鐵金剛必會在最後獲得最後的勝利，大家歡喜，但是那些已經犧牲的人呢？我不停想著，故事一開始，那個被破壞的小鎮，那些人，都在生化機器人被破滅的同時，因融於一體而全都消失。

我會是那個歡喜的最後剩存者，還是一開始就不見的那一個。

夜晚讓草地變得詭譎，早上的歡笑都變得陰森，睡覺之前我給自己唱著搖籃曲，畢竟我們總是幻想自己，到最後，是那個擁有快樂結局的主角。

而多年後，這些都變得虛妄而不確定，我說我的確看過這部卡通，問了其他人，卻沒有印象。

就像那可以當腳踏車騎的達可達。

就像那一碰馬上成了漩渦的紅蟲。

就像那大帶小帶的錄影帶出租店。

過去，慢慢隱遁，於時間的空隙中極力掙脫，卻被新的東西覆蓋過去。

後來我也才知道，原來這個卡通，也改編自另一個童話故事，那四隻被人遺棄的動物運用頭腦，占據了盜賊的家，從此過著幸福快樂的日子，但我認知的他們，卻為了尋找主人，而拯救了整個世界。

我的卡通在哪裡？我常常這麼想著，連同那些牽動的生活記憶。

腳踏車

那是某天我的眼睛突然看得見除了乖乖之外的東西後，我才意識到我家門前一直停了台生了鏽、柴黃色的腳踏車。坐墊高度到我的肩膀，輪軸枝幹的鐵鏽輕輕一撥，就會落一地。那是第一次我覺得他會呼吸，像是一個老人坐在藤椅睡了很久，表情動作沒有變過，然後太陽升起又落下，不知過了多久終於醒來，睜開眼睛，打呵欠。這似乎就是他長久以來第一次呼吸。

這樣的比喻十分抽象而且難懂。但我察覺到他時已是風中殘燭的年歲，扁平的輪子和布層灰的椅子，一副就是要別人忽略的模樣。就算哪天忽然消失我也不驚訝，只是騎樓下會突然空出一個位置，「啊，感覺有點空呢！」卻又想不起曾經擺過什麼。

一切就這麼理所當然。這台與我們一同逃難到南部的腳踏車就等著消失，然後成為我們記憶中一個感嘆的句點。「我們是不是有過一台腳踏車？」「是嗎？我都沒印象了。」「有啊，黃色的啊。不不不，是咖啡色的。」「喔，我有點印象了……」或是成為某個童年的謬論傳說。「那是爺爺給我們的。」「不是啦，是媽買的。」「我們哪有錢買腳踏車……」藉著所有不確定的對話建構一台曾經停在騎樓下的兩輪驅動機器噴射車，呵！我想我曾經這麼幻想過他吧！

直到那天我媽急忙出門，拿出紅柱型打氣機在一旁呼呼壓著，我看到輪子像是吃了什麼好料不知節制，虎地肥胖起來，隱隱增加了幾公分的高度，椅墊悄悄高過我的肩頭，我媽拿出抹布將他擦乾淨，鐵鏽之後是深褐的骨幹，柴黃的皮掉在大理石上，像雀斑。我媽咳嗽幾聲，抹去灰塵，我一直以為黑色椅墊竟然是藍色的，有點不能接受。好像是老人從藤椅起身後，穿著一身燦爛的海灘裝。

就是那個時候，我媽牽他到路上，後輪左右晃動，不穩，被打了幾下。「不乖。」說也奇怪竟聽話起來。然後，我媽左腳踏上踏板，背脊挺直，優雅的貴婦姿態，不見保養的皮膚在陽光閃亮起來，寬鬆上衣乘著微風，像天使的翅膀，右腳倚著左腳為支點，在地上助跑，簡直就是滑板少年的模樣，這麼一下、兩下、三下、四下，兩手緊握把手，不一會兒，速度加快，我媽一起身，立在車子一側，遠遠望去，有一種朦朧的美感。接下來，彷彿看到花瓣飛起，就是那麼一刻，天時地利人和，風速風向剛好，陽光落在恰當的位置，連一旁的景物、路人都自然而然排出一個舞台，焦點，母親一個跨腳，穩穩妥妥坐上椅墊，騎上腳踏車，遠去。

這個畫面多年後我在米蘭昆德拉《不朽》裡找到，那被敘述者忘不了的微笑，那超越時間之流、企圖扭轉過去現在未來的一個微笑，深深烙印在敘述者的心中，開始一串龐大而紛雜的敘述。當時的我什麼都不知道，除了吃乖乖之外心裡突然多了一個願望，我要學騎腳踏車。

那的確啟迪了我。我的眼睛開始看到別的事物，發現所有的阿姨伯母都是這樣騎腳踏車，複製母親的動作，優雅直視前方，然後起身踏轉，向前。彷彿被詛咒似的我敏感搜尋這個動作，那美麗而遙遠的姿勢啊，往往我看到了，卻循著視線方向漸行漸遠。

那腳踏車說也奇怪再也離不開我的視線。他與母親完美的配合，就像是空中飛人轉了好幾個圈之後，依然被同伴安全接下。我不停撫摸著他，如同米蘭昆德拉掛念那張笑容一樣。我要學腳踏車，可惜母親說這台車太大了，要買一台小的給我騎。

說實在我並不期待，那種流線型的美感似乎只有這台車才能製造得出。當鄰居擁有一台台全新五彩繽紛，造型炫爛奪目新奇百怪的腳踏車，心裡並不羨慕。我厭惡那拙劣的上車姿勢，屁股先啪地壓上椅墊，傳出彈簧乖乖叫聲，然後一腳撐地，另一腳踏上踏板，使力，向前，開始馳騁。「不是不是，我要的不是那樣。」

那老人躺在藤椅上等著我叫醒他。走啦走啦，一起出去玩。

但我想我媽誤會了。

幾天後我得到了一個禮物。那是一台全身發紅還是「四輪傳動」火箭造型中樑寫有Super的小孩專用越野車。坐墊高度只到我的腰部。

「一開始學不可能騎兩輪，從四輪開始。你要騎大台的，先把小台的練會。」邊騎還有小輪子拖地的聲音。

努力一陣，還沒取下小輪子，老爺爺就被丟掉了。

我那美麗而遙遠的姿勢啊，就這樣突然走進我的生命，然後就岔出去了。

水果公寓

很久以前，這條路的盡頭是一座山丘，我們所住的社區由一幢幢公寓組成，乳白色牆壁，大理石碎石地板，紅色的鐵門，一旁是黑色圓鈕的對講機，按下去嗶的一聲，整條街都聽得到。公寓沿著坡度次第建造，街道像是滑動的蛇並不工整，巷弄複雜有如迷宮，一條路走到底，竟還回到原點。新建造的社區總遵循「整齊劃一，數大便是美」的原則，每幢公寓看來都相同，上頭不見編號，幼時尚不知地址為何物的我，只會利用電線杆或路邊的小草來認路，每次放學回家，彷彿走進鏡子國度，屋子複製屋子，層層相疊，我一路小心走著，公寓面無表情望著我，我試探的望著它們。

那也是童話啟蒙幻想力的年紀。社區像山寨，位在山丘上，四周是稻田和許多低矮平房，居空臨下。但往往，我總假想自己深鎖在一座幽黑闃靜的堡壘，守衛深嚴，城外不斷岔出的路徑，和伺機而動不知名的恐懼和不安。等我回到那四樓的公寓裡，樓梯間盪著大力踏步後餘竄的回音，我想起長髮公主長長的頭髮結成辮子，從窗口漸漸放到塔下，金色的髮絲搖擺在空中……

我當然不會把自己想成長髮公主，也不期待別人的救援。父親不在的時候，我悄悄出門，八歲的年紀偷偷打開藏青的鋁門，鐵鎖匡啷一聲，清脆。我將門半掩，躡手躡腳跑上頂樓，那是我父親千交代萬交代的禁地，似乎小孩子到了頂樓都會消失不見似的，他說，那裡很危險，會有壞人捉走你。

上樓的路徑，黑的灰的公寓大門，斑駁的壁癌，天花板掉下片片油漆，到地上碎成粉末，靜悄悄的空氣不時在耳邊吐氣。我不停抬頭望，七樓的高度延伸成無止境的路途，擋在我面前是一扇未關閉的鐵門，鐵鏽剝落，散在頂端的樓梯，踩到還發出吱吱怪聲，藍色油漆和褐色條紋混成一幅抽象畫，一步一步，空間逐漸狹仄，伸手是兩邊的牆，和爬來爬去的蜘蛛。

當我推開生鏽的鐵門時心中興奮無比。環繞四周什麼都沒有，我在廣大的空地上跑步和大叫。那時還有許多綠油油的稻田，在上下課的途中，田間小徑領你走到路的另一頭，我稱之為對岸。踮腳，沿著直線的路徑往遠處望，看見一架架飛機停在停機坪上，有一只紅色的大耳朵，轉著轉著。我站在公寓之上，看著底下的人群，想把房子當成積木，跳房子般一塊塊跳著，再遠過去是不清楚的濃霧，隱隱約約有比我們更高的大樓矗立。

陽光強烈得睜不開眼，一片蔚藍，沒有雲。

直到累了，下樓去，愉悅地哼著歌曲，可迎接我的卻是緊閉的門。藏青的鋁門穩當當嵌進了門口，不留一點縫，我著急搖晃它卻一動也不動，雕花的圓柱抖下一些灰塵，快哭了，腦子裡是父親略帶恐嚇的口氣，和表情肅穆的警告；我使勁，但鋁門依舊是個無事者淡淡覷著我，喔，你不乖你完了，我眼淚縱橫，他還是繼續說，喔，你不乖你完了。

故事的終結是一場挨打。父親提著大包小包的東西回家時我坐在樓梯間抽噎，知道我跑上頂樓後如我預料勃然大怒，進了屋子，馬上厲聲斥責，掄起藤條抓著我猛抽，我又躲又跳，房子裡是我二度嚎啕，父親重複說如果掉下去怎麼辦，我想起頂樓的景色，稻田、馬路、飛機和許多模糊的風景，安靜的風吹拂，午後的陽光藍天。有那麼一刻，我想怎麼不掉下去就好了。

掉下去會怎樣？或許我一直在想，如同爬上長髮公主頭髮的，一定是一位英俊帥氣的王子嗎？那如迷宮般的社區，僅僅給我這樣的印象旋即淡薄了，以至於當我重返那個社區，我父親指不出那幢公寓的位置，依藉在後的小山丘整座被挖空，一條嶄新的馬路開拓連接東西兩端。山後賣水街人潮依然洶湧，開了貨車運走好幾桶山泉水大有人在，只是他們沒想到原本那座提供山泉水的「山」，現在去哪了。

還是稻田、藍天和公寓。現在窗外的天氣如那天一般，屋子幽暗的氣氛我卻怎麼也搞不清，除了藤條的揮舞幻成閃動的光影外，我竄逃的身形成了一抹一抹灰影，屋子裡該有的物品只剩白茫茫的牆壁（或許應該有一張我畫的圖吧？）父親拿著藤條，他用力甩著，我用力晃動大門，卻一點聲息也沒有。他手中一袋一袋的東西是什麼？

那時我剛回到父母身邊沒多久，七歲的前半年，父母將我和姊姊帶離台北，一路南下把我放在姑姑家，就消失了。我開始上學，沒有母親準備早餐，沒有父親每天接送，我和姊姊自己上著學，走過碎石路，越過十字路口，躲過砂石車和許多一摸就縮成漩渦的紅蟲，我竟沒有哭，也沒有鬧著要打電話，父母偶爾假日來看我們，我不會吵著要跟他們走。

然而，我一直不知道他們在做什麼。

好久以後，我才知道那應是一間充滿水果味的房子，我阿姨跟我說，在我七歲那一年，我父親又做手工、又到市場叫賣，然後賣水果，做了好多事情。

客廳裡鋪著報紙，上頭有蘋果、香蕉、芒果、西瓜許多水果，它們分門別類，父親擁有一台推車，將車子鎖在一樓，每天用袋子，一包一包提上提下，穩妥放好，然後在像迷宮的社區裡鑽著，大喊著水果唷，水果唷，到菜市場，鋪好報紙，一顆一粒放在地上，與精明的主婦們論斤論兩的討價還價，白色的襯衫沾著點點的汗漬，脖子間環著一圈毛巾，他不喜歡穿T恤，西裝褲年復一年，拉著推車，繞著迷宮，被公寓擋著，他看不到遠方的稻田、飛機和模糊的大樓。

我彷佛聞得到那一點點的水果香，記憶像是被喚醒一般，但我寧可相信那是催眠。阿姨說你們家放的水果你都忘了嗎？你爸爸不太會處理，很多都爛掉了，還飛滿果蠅。

我或許就是跟著果蠅一起飛竄，躲避我父親的藤條。但那幢公寓只剩表面，開了門裡頭什麼也不是，一扇窗的光，一把椅的陰影，走動的人影，交談的聲音，沒有沒有，只有淡淡的水果香，雖然翻開之後，果肉已經陰黑了一塊，我父親可能皺著眉頭，然後丟到垃圾桶去。一袋一袋，是水果，是垃圾？

只是這麼多年過去，那幢公寓已死在不知什麼的營建計畫中，當時站著的頂樓位置，也成了空間中的一點，充滿水果香的公寓如隱形一般，就直落落漂浮透明的空氣中，我也許曾在客廳剝著水果吃，父親剔掉爛掉的部分，滴下許多汁液，暈開報紙上的油墨黑漬。

只是那麼多年過去了，我終於搞清楚自己現在的位置，卻想不通過去的自己在哪？迷宮般的街道不僅僅在四周流竄，混亂的時間空間組成活動的積木，我跳不過去，然後碰運氣，總有一天會找到定點（那一把長髮隨時落下，指引你的方向）。

只是這麼多年過去了，我確定那一天我打開頂樓的門，突然射進的是燦爛的陽光，和一片藍天。這的確是稻田成了高樓，迷宮被腰斬之後，唯一還剩下的東西。

台北老家唯一的房間，我和我姊玩枕頭仗時被偷拍。

二分之一

我們家第一次如候鳥般的移動，是在我六歲那年，從島嶼的北端到南端，我和我姊在嘉義歇了腳，我爸媽則繼續南飛到了高雄。沒有家當隨身，黃色貨車上只有五金行遺留的杯子、盤子之類的貨品，攜帶這些實用的生活用品，只是希望能找到另一處落腳地，但不確定地點在哪，這樣的兩地移動，只能稱作遷徙，不能稱作搬家，因為還沒有找到「家」。

開始了遷徙的狀態，便不知何時才會休止。我們家分成了兩個「二分之一」，在找到「家」之前，先把手上的行李放一邊，開始過日子。一場「不專心」的搬家，就像被擱置而無法完成的動作，很快的我七歲整，必須和八歲的姊姊去上學，借居在嘉義二姑家，先開始學校裡的學習生活。

另外的二分之一，則借居在高雄大姑家。我爸和我媽必須學會怎麼開始新的生活，陌生的城市如同黑板上陌生的符號，就算已經說話／工作很久了，我和我爸媽同時重返牙牙學語的階段，隨著他人指引，一點一點重拾生活基本能力。

講桌前老師要我們把嘴巴張開，讓雙唇平擺，讓嘴裡的氣衝出來，這是「ㄅ」，改變嘴型，輕輕喊，這是「ㄆ」……

我爸只剩下一台黃色貨車了，店面遺留在台北的清晨，不知道怎麼走下一步。舅媽在屏東橋頭下夜市擺水果攤多年，鮮澄澄的蓮霧、香瓜、梨子置於壓克力箱中，在鵝黃的燈光下顏色愈顯可口；還有一旁擺放的小番茄夾蜜餞，舅媽拿起水果刀在小番茄上劃上一痕，塞進一小塊捏好的蜜棗，吃起來甜甜酸酸。夜市的生意還算不錯，外婆建議我爸去賣水果，給了他們一些資金，兩個小夫妻開著唯一的財產，到外頭擺攤子。

國語課完了就是數學課，學著算到五十，算到一百，數學課完了就是唱遊課，哥哥爸爸真偉大，名譽照我家……唱遊課完了就是美術課，小朋友我們來畫自己的家……

不知道哪裡是好位置，我爸決定駛往旗津海邊，擺三天若發現生意不好，就會與我媽討論換地方。長長的一段時間，他們沿著海岸線更換位置，碧藍的海在左手邊閃耀波光，滔滔浪聲拍打堤防，卻沒有浪漫的氣氛，整台車裝滿水果，沒有冷氣，空氣中濃郁著特殊的味道，甜膩過了頭。沒有辦法等待時機，只能不停流動，這和以前五金行的物品不同，放久的水果會爛掉，連賤價都不見得賣得出去。我外婆知道這樣的情況，有點生氣也有點無力的告誡我爸，你為什麼做生意都會這樣？

放學的時候，總喜歡跑到街角的小店買玩具，我尤其喜歡阿里巴巴紙袋遊戲系列，一包十元，每一袋都是不一樣的主題，裡面有一張格子遊戲，和阿里巴巴骰子，用內附不同造型的阿里巴巴的玩偶當作自己，開始加三步減三步的進行冒險，有阿里巴巴闖海域、阿里巴巴大戰沙漠強盜……最後的終點都是芝麻開門，拿到寶藏。每個星期都有新故事，所有的零用錢都花在阿里巴巴身上，二姑發現我無節制的購買，警告我不可以這樣浪費，零用錢要存下來，不過，我還是偷偷的買。有一回，從學校回來晚了，二姑察覺不對，翻開我的書包，發現我又到小店去買新的阿里巴巴遊戲，她很生氣，掄起藤條就往我身上打，我哭著躲進床底下，抽噎著不敢出來，看著二姑的憤怒的腳來回走著，想著你又不是我爸媽，為什麼要這樣打我……

經過菜市場，我爸維持客氣的態度，問著可以在這邊擺攤嗎？他人不悅用手揮趕，我爸還是一貫笑臉盈人，若需要出租費，也只能摸摸鼻子離開。最後，他們停在旗津堤防前，面向海邊的沙灘上，有著一排排跟我爸一樣出來討生活的小攤，不需要繳攤位出租費、也不需要看人臉色，大家各自擁有一塊地，要注意的就是不知何時出沒的警察。觀海的遊客很多，小販賣的多旗津當地海產燒烤，或是清涼飲料、射擊遊戲、小型塑膠玩具，沒有人在那裡賣水果，我爸誤打誤撞，竟開拓了另一個市場，清涼的西瓜更有夏天的氣氛，甜甜的香瓜勝出過膩的紅茶，水果攤的生意轉好，即使炎熱的太陽底下讓人汗水直流，擴音機猶然熱情地喊出可口的水果這邊有，來來去去消費的人群，彷彿抹去島嶼北邊的陰霾。一切即將步入正軌。

考完上學期最後一次考試後，我跟老師說我要轉學了，還不錯的成績證明了我已經學會了ㄅㄆㄇㄈ，還可以數到一百。我自己拿著轉學的單子，到各處室去辦手續，校長對我說，你為什麼要轉學呢，留在我們這邊繼續念不是很好嗎？我跟他說，我爸爸要來接我回家了。

學期結束後，我爸出現了，我們同時在兩地完成新的考驗，我交給他一張全是優的小一成績單，而他帶我和我姊到了一間高雄的公寓，從此時起，持續遷徙的進行狀態便畫下句點，兩個二分之一上完自己的課後，有機會相加在一起，出現一個「一」。

我們終於搬完家了。

電腦

有一回過年，預備到嘉義老家團聚，出發前一刻，我媽突然略有所思，像發生急事一般，抓著我爸往樓上跑。不一會，只見他們拿著客廳的錄放影機下樓，在滿滿都是紙箱、貨品的一樓，尋找可以塞藏的空間，我仰著頭看著他們嚴肅地討論放在哪裡比較安全，是衛生紙堆中還是洗衣粉內才不會被人盜走，我和我姊也跟著插嘴建議放哪。後來選定樓梯口堆高的肥皂盒，我爸踮起腳尖，小心翼翼挪出空間，放到一半，我媽突然叫住，覺得只是這樣放著不甚安心，又拿來許多衛生紙層層包住錄影機，再放在藏匿處。

這畫面鮮明烙印腦海。我彷彿還可看見一切就緒後，一家人如同完成什麼大事，展露笑容擠坐車上，踏上返鄉之路，不過，那時的我已察覺，我們家對於高檔品是無法駕馭的，包裹衛生紙的模樣才是融入我家生活最好的型態，若想展現亮麗，除非還沒離開店家的透明櫥窗。

高檔品的再度光臨，是到了我姊前往地方電視台工作後，她必須運用電腦繪製美工圖案，於是與我爸合資買一台電腦。八〇年代初，還是三八六的年代，電腦尚未普及，我姊與我爸什麼都不懂，到了光亮整潔的電腦行，穿梭在滿滿零件、螢幕和看不懂的英文字母之間，滿腦子疑問，只能完全相信店員，我爸堅持要最好的，竟大手筆買了更高階的四八六，結算下來，包括周邊，六萬元。

家裡的第一台電腦，是現在早已消失的國盛牌，磁碟片還是那種一片黑像超小版的黑膠唱片。買了電腦之後，接著就是添購需要學習的軟體書籍，下班之後，她打開書本，獨自摸索，學習如何操作coreldraw、photoshop之類的專業軟體，這電腦陪她熬夜，用滑鼠在螢幕內修飾線條色彩圖象。

這台電腦，充分展現我姊的性格。後來離開了電視台，我姊轉到一家公司擔任業務助理，公司經費有限，沒有電腦設備，連表格的繪製都得靠手工。我姊是閒不住的人，主動要求要帶電腦到公司幫忙，還要利用美工長才，畫一些簡單的宣傳海報，吸引客戶。

搬自己的電腦到公司去，這是我不能體會的，我是那種會和公司極力爭取自己的電腦的傢伙，但我姊說工具就是拿來用的，只要工作上能有所表現，追求自我的成就感最重要。以往，公司的產品要改換標價，總是用奇異筆塗抹寫上或是用隨便的標籤黏貼，一次，我姊用電腦打了工整的數字，裁好，貼上，一體的感覺，頓時提升了商品的質感，與人工寫上的粗糙，完全不同。

這就是我姊說的成就感吧，雖然後來還是逃不過裁員的命運，電腦再度回到租賃的房裡。之後的工作鮮少用到電腦，它單純成為我姊打字寫東西的工具，沒法在職場上大展身手，不過，我相信受我姊多年來的耳濡目染之下，儘管只能乖乖待在房間，但電腦應該也會驕傲的說，沒關係，我已打過一場美麗的勝仗了。

美而美王國

說起我的打工經驗，想來也挺不少。在我仍就讀打工幼稚園班，就是還處於掙扎於一小時五十或是六十元之間，多做一個小時就可以多吃一支蛋捲冰淇淋的時代，（當然囉，那種小時候幫媽媽做手工，宣稱每弄完一個手套就有一塊錢，辛苦了一下午之後，媽媽要去煮飯前笑著對你說錢明天給你唷，然後明天之後又是明天。像這樣的事情，以親情之名義來鑽幼兒工作福利法的漏洞，我是不會把它定義成打工的。）沒什擅長技能，每每只能靠強調自己年輕有衝勁來感動老闆，用勞力換取金錢，但當賺的錢也不多時，只好再從省錢下手，什麼東西是每天都會花且無法避免的呢？就是吃了，去找吃方面的工作，老闆會提供一餐，這樣算來打工就是淨賺了！當然囉，這樣想法還是很簡單，衝勁與衝動往往是分不清的，拿到錢可能又拿去買別的東西了，但當時的我可是很天真的相信，我真是一個深思熟慮的人啊。

很難想像，一個剛剛脫離聯考壓力的十八歲青年，好不容易到了自由開放的大學校園，正要享受青春無敵之際，怎會一早投身早餐店？我，對，就是我，跟同寢室其他五位室友一樣都是大一新生，卻過著不一樣的生活。「餐餐不花錢，餐餐都賺錢」的打工原則從每天凌晨五點開始實行，我按下鬧鐘，整間寢室還黑漆漆的，如小偷般躡手躡腳怕打斷了室友們的鼾聲，到廁所刷牙洗臉，隨便打理，便往學校外的早餐店報到。

我的工作通常是這樣的，老闆的姊妹趁著沒有客人的時候，先做好許多三明治，而我就負責將三明治放進三角形的塑膠袋裡，兩折封口，黏上透明膠帶。放置的時候要相當小心，為了維持美感，三明治的角還要維持尖銳，不然得取出重包。我一向不是手巧的人，或許老闆從我包裝的三明治中就看出端倪了，因此，之後我的工作就更簡單了，櫃檯裡的事從沒碰過，最多是幫忙在吐司上塗塗奶油或巧克力醬，老闆的姊妹們手腳俐落，我總在一旁觀察，他們拿抹刀輕輕一塗，抹醬便平均覆蓋，而我即使來回塗抹好幾次，仍不逃「臉上坑疤」的命運，所以，大部分時間我都站在一旁，執行端奶茶、遞咖啡的工作。

度過了七點到八點的瘋狂時光，便準備回宿舍去休息了。走的時候怎麼可以忘記自己的早餐呢？不過，我通常拿六份，並不是老闆好心給我吃到飽的福利，是那群呼呼大睡的室友，往往在前一天就熱烈討論要點什麼，然後寫好點菜單放在我桌上，等我明日送上。八點半回去，房間微亮，但鼾聲依舊，每個人仍悶在被窩裡一動也不動，我又躡手躡腳把早餐放在每人桌上，坐回自己的位置，望向窗外，天亮了，突然有一種「仙杜瑞拉」錯覺，嗚嗚嗚，自己像被虐待一樣，嗚嗚嗚，要這樣服侍別人，嗚嗚嗚，獨自吃著吐司，一口一口想著，嗚嗚嗚，無聊演著悲劇，只差沒有流下淚來。

這個工作不知做了多久，但還記得要辭掉的前一天，室友還無聊的開起「寢室會議」，討論我辭職之後對寢室生活的影響，要我深思，因我辭意已決，室友見無計留春，只好用哀兵姿態表示，你不做啦，以後我們就要自己去買早餐了，好累啊——欸，這應該是我的台詞吧？怎麼給他們用去了呢？

發票

我時常聽見書桌底部傳來呻吟和呼喊聲。那聲音不大，細細碎碎，語調不一。宛如演奏樂曲，一下是賦格，一下是交響樂，不過聲音不太悅耳，紛沓的言語像是菜市場的阿婆阿媽的呼喊，那邊一斤菜十二元，這邊豬肉要切大塊一點的。

是左邊的抽屜，裡頭藏有密密麻麻的幽暗心事，不時幽靈般兀自抖動起來。我想起所有遊樂園區或公園池塘，裡頭被制約了或說是染有職業病的魚群們，或是偶然翻起的石頭下，有一堆乳白蠕動的小蛆小蟲，那是一個人口爆炸的空間，每個生物都搶著一口呼吸，或是要尋求某個出路，也許只是一口食物。

夜裡獨自與文字奮戰，我和那些嘆息悄悄對話。放我出去吧！我耳朵豎直，宛如秦始皇擁有生殺大權，別想，我忿忿著說。握著一張張希望，期盼能夠將自己解脫於貧窮不堪的生活，哪天，我總想著哪天，一定會實現，秦始皇派了徐福遠渡重洋去找尋長生不老藥，而我將他們狠狠的鎖在記憶的深淵裡，供我賞玩，在夢裡，我臥在孔方兄的懷裡，不肯醒來，他溫暖的體溫替代了我笨重棉被直直壓落的悶熱，天空十分燦亮，所有的雲都變成了搖曳生風的鈔票，我似乎看得見秦始皇，也在夢裡，摸著自己不會老去的肌膚、生命而感動落淚。

我沒有想過自己會是一個霸主，面對所有大臣的建言一概不理睬。每當親人從口袋搜出我折得爛爛，幾乎就要成粉狀煙飛的統一發票，總是一臉搖頭說要幫我收下，或是叫我捐給慈善單位。我的反應十分神經質，一把搶下說著我還要，塞回口袋，那好不容易才伸展開來的軀體，一擰，再度糾結屈服於淫威，我總是擔心掛念，或許是這一張，會帶我離開盡量不吃早餐、午晚餐不能超過五十的生活，或許是那一張，我還可以順便解決家裡長久以來跟銀行的糾纏戰事，彷彿聖人站在山頂說：I am the king of the world.

此時我才發現我是極其膚淺而現實的，成了金錢的奴隸，表面控制了他們，私底下卻又被牽著鼻子走。我滿心的期待單月的二十六日，那也許是我脫胎換骨之日，我不和別人妥協，只想早日脫離貧窮地獄，目蓮見了我也要搖頭嘆息，此等凡夫怎能體會那種我不入地獄誰入地獄的高尚情操。

我可以遙想秦始皇每天對著大海想望的心情。徐福呢？帶走童男童女三千跑去哪了？他可以在朝廷叱吒風雲，自稱皇帝，統一文字、度量衡……無人不守，無人能怨。可是他心裡掛念的永恆青春，卻掌握在看不見的力量裡，他尋求天下長生不老之藥，派兵遣將全國探訪，甚至到遙遠不知名的國度去探求，但對於徐福，他發現就算下一百個詔令，還是不知道他去哪了。

我的霸王生涯面對的不是一座遼闊的海洋，頂多不過三尺見方的抽屜藏著我所有的欲念。統一發票像布縷糾纏聚集，沒有店裡綢疋一張張平鋪摺疊的好命好運，只是原封不動的，從我口袋裡拾出，又丟進這框方格裡。我翻翻找找，統一發票輩份不分的雜居著，近則今日，遠則一年多以前；張張發票也有不同面貌，幸運則平整無痕，可憐點則如污泥般濘爛，缺頭缺腳的存活著。

然而沒有人比我這麼深愛我的子民了（我不是說愛惜），不管怎麼樣，我都會把他們留下來。希望激發狂亂的熱忱，我從洗衣機找出的碎屑我也不放過，手腳伶俐的將其展回原貌，放在電鍋上發燙發熱，看它乾了之後稜角翹起，身體如蛇皮，被鱗片刻畫斜痕數道。

不過我還是缺乏某種霸王的風範，頂多是個小臣。我無法呼風喚雨命船三千的橫渡大洋，只是個小臣子每天貪戀小花小草。那些屈服於我的小人們，並沒有好下場，我希望能像秦始皇在殿上盛怒擊椅，對於一而再再而三失利的長生計畫大飭諸臣無能，每個人只能低頭吶吶不發一語，但我對不停持續的貧窮困境，卻不能如此豪邁，面對一抽屜如花的紙張，我最常做的就是丟棄和怨嗟。

彷彿懶人就有逃不出的宿命。兩個月對一次發票並不是件苦差事，但從一堆如亂麻的紙張中找出當月的發票卻足足要我的命。我不喜歡整理東西，丟東西是天生的本領。喜滋滋的拿到當月的中獎號碼，拉開抽屜，一股怨懟之氣升起，他們對於我的不良對待，開始反抗，我皺眉，明天整理好了，明天再對，而明天，又是明天，一直等到號碼過了期，發票發了黃，我才告訴自己，反正對了也不一定會中。

也許我天生沒有當霸主的命，連一堆小老百姓都管不好。秦始皇繁榮了一整個中國，向外遙寄自己的理想和長生貪念，而我卻在左邊抽屜，建立了一整櫃發票塚。

踢豬男孩

閱讀的時候，總有一些人，會浮出你的記憶，比如那個執意要看《雨中鳥》的小一男孩，用湯姆·貝克筆下的《踢豬男孩》形容他，實在再貼切也不過。

故事發生在升大四那年暑假，不惜干犯與家裡發生衝突，執意要待在花蓮過一回獨居兩個月的假期生活。跟父親談好不拿生活費，還好憑著「師範學院」的學歷，找了家教，意外開始我與這位小一的踢豬男孩一個月的相處。

當然那時我沒有叫他踢豬男孩。一開始，他正如其他小一的孩子一樣，總是瞪著大大的眼睛無辜地望著你，在只有我和他的客廳裡，我們算著數學、做著暑假作業，甚至一同分享了許多童話故事，使我深深覺得教育真是百年樹人的好工作。一切到某天晚上八點全變了樣，他突然離開書桌表示要去看電視，完全不管睡美人可能因故事的停擺從此一睡不起，他打開民視，那時苦情鄉土悲喜肥皂劇在島嶼掀起一陣旋風，播放的是《雨中鳥》，電視裡面白冰冰哭得死去活來，其他角色每講一句話就要配兩滴眼淚，踢豬男孩突然老成地跟我說，這部好好看，轉而開始述說這齣戲的故事，誰被誰害，誰是誰的爸爸但誰不知道諸如此類。

我看著手上的童話繪本，突然感覺自己幼稚！從此，我們角色互換，他開始說故事，坐在書桌前，再也不管七個小矮人最後有沒有長高，卻偷偷摸摸告訴我他父母怎麼吵架，用詞之犀利尖銳，還完整演出一遍；或是在學校他如何被欺負，於是下課時偷偷放了恐怖玩具在那人的抽屜裡報復；他要求我帶他出去逛街，在街頭又吵著要回家；每天讀書進度就是《雨中鳥》，我意識到這樣不行，嚴厲起來要他讀書，他卻跟我說：

「啊，你也不必認真啦，反正你也是來賺錢的，一定拿得到的。我爸媽一個月付你多少錢啊？」

踢豬男孩說這些話的時候，仍是瞪著大大的眼睛，偶爾閃過一點黑影，頓時卻回於清澈。一個月後他母親問我是否還想繼續當他的家教，我訕訕回絕，他母親進一步詢問踢豬男孩是否有些地方需要改進，我正想啟口，卻看到那渾圓雙眼在客廳櫥櫃後面望來……

在我短暫的教學生涯裡，這個小男孩教人難忘，尤其他無辜的眼神卻搭配我不知如何處理的言語，我懷疑他到底知不知道他所說的話底層蘊含的真正意義為何？湯姆．貝克的《踢豬男孩》，描述的是一個不被所有人認同的小孩，舉止怪異，甚至具有傷害性，但那小孩的思考邏輯又特別縝密，用自己的方式去看待世界，那是我們所不能理解的。我突然驚覺到，會不會就在某一個時間點上，這個小一男孩正如書中的主角一樣，突然出現了一個邪惡的想法，由踢豬觸發了另一種不同於「正常」的正常思維，甚至以為「混亂」造成的「脫序」是人們樂趣的來源，而我的這位踢豬男孩，是不是在看《雨中鳥》的時候頓悟人心險惡，又或者在背了又忘的九九乘法表中，嘗盡世間冷暖？

單一思維的邏輯，使故事行進在驚喜與冷汗之間，畢竟說故事是一種技巧的顯示，不過，我所面對「踢豬男孩」，卻不是一本書，而是一個人，他展現的人格特質，我竟無可反應。書中邪惡的念頭，讓角色死於火海，但那或許只是構成鬧劇而必須犧牲的情節，他們會在下一個鬧劇重生。刺激我的，是當有許多拿著風箏、看起來蹦蹦跳跳的小孩跑過眼前時，要如何看清楚哪位是即將掉入枯木被老鼠當餐點的踢豬男孩，在現實世界的我，救不救他？

面對孩子，學校的學習到底給我們多少專業？

那個夏天，我常被我的踢豬男孩驚嚇，瞠目結舌，不知如何處理人性中不解的部分，踢豬男孩彰顯了瘋狂的反差性，我觸摸到了，卻沒有去思考他為何成為踢雞踢貓踢狗男孩，反倒踢走了他，自以為期待的應是純真的靈魂，遂以一種不可思議的閃躲態度，選擇離開了。

書中踢豬男孩的表情總是猙獰。

轉學

一個小女孩下課時跑來辦公桌旁，抽抽答答哭了起來，我問她怎麼了，她說：她要轉學了，沒有人想跟她作朋友。

怎麼會呢？我安慰她，她是一個乖巧的小孩，常常主動幫忙做事，人緣一向不錯，班上有一個從幼稚園就很要好的同學，本來跟她形影不離的，自從小女孩說下學期就要搬走了，她也和小女孩漸漸疏離。

其實這一切我都看在眼底，上課時我把這件事告訴十八雙瞪大的小眼睛，要好好珍惜朋友。我還告訴他們，老師可是轉過八次學呢！

底下的小毛頭們發出驚訝的聲音，我突然想起第一次轉學的畫面，已跟父母離開一年的小學生，怯怯的拉著老師說，老師我要轉走了。

老師摸摸我的臉頰，把資料拿給我，我忘了為什麼，老師要我自己去找校長蓋章，校長穿著黑色的西裝，看了資料，問我為什麼要轉走，我只是笑笑的，校長又說，好可惜啊，你是一個好學生呢！

我走出校長室，腳步輕盈了起來，我一直記住這句話，於是多年後當我面對轉學的小女孩，我對著全班的小朋友說，好可惜，我們班就要少了一個好同學呢！

成績單

學期末。一個人的教室。我，計算機，和密密麻麻的數字。

按著電算機。

九十加九十二加八十五除以三等於……

等著填滿的成績單。空白的躺在抽屜裡。

明天要休業式，小朋友要拿成績單回家。

不能空白。

（以下是隱形的聲音）

A說：不能空白。

老師，在我們成長的過程中，不能有空白的環節。

所以，我們每一個星期都要寫一篇讀書心得，要做簡單的版面設計，書名、出版社、作者、佳句……等等都要寫在一本B5大小綠皮的資料收集簿裡。你說，我們已經三年級了，不可以再讀一些圖畫書，像《灰姑娘》、《竹林公主》、《三隻小豬》這些書都不能算是讀書了，你說，如果我們還在看這些書，那就要到低年級去學習。

每個星期五，我帶著紅皮的借書證，跟著班上同學到舒服的圖書館去讀書、借書，面對好幾排的書籍，我東看看西逛逛，不知道要拿哪一本來看，你說，嘿！趕快拿一本書坐在位置好好看，這裡是圖書館，不要當作菜市場逛來逛去的！

但是我還是不知道要看哪一本呢！

於是借了一本《我的好朋友》，帶回去寫讀書心得。老師說要畫點圖，我也要畫！我要讓老師蓋印章、展覽、換小禮物。

老師，我星期一會準時交，因為沒交作業星期一不能下課！這是我們決定的。

還好，星期一時，你拿出我的讀書心得對大家說，我寫得很好！心得寫了三行，又寫到重

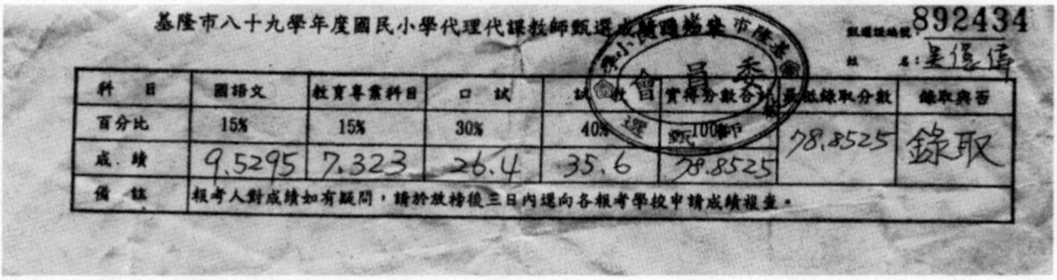

基隆市八十九學年度國民小學代理代課教師甄選成績單

甄選證編號 892434

姓名：吳億偉

科目	國語文	教育專業科目	口試	試教	實得分數合計	最低錄取分數	錄取與否
百分比	15%	15%	30%	40%	100分		
成績	9.5295	7.323	26.4	35.6	78.8525	78.8525	錄取
備註	報考人對成績如有疑問，請於放榜後三日內逕向各報考學校申請成績複查。						

我的代課教師甄選成績單，短暫的一年教書生涯。

點，版面設計的很有創意，good！

我好高興！

我好高興！

當一連串密密麻麻的數字整理出一個頭緒時，我不禁要歡呼吶喊！

其他班級的老師早已結束工作了，我還在做最後的換算。

九十分以上是優。

八十九到八十是甲。

七十九到七十是乙。

等等。

我的國語習作和數學作業簿的成績還沒算完，天啊，又要加班了！

好累喔！

（以下是神祕訪問）

B說：好累喔！

今天的闖關活動東跑西跑，但是很好玩！

老師，你讓我們找了好多照片，在學校裡東奔西走的，雖然我們汗流浹背，有點快喘不過氣的感覺，但是還是很刺激！

尤其我們是首先回來的隊伍喔！我們過每一關都很合作，沒有吵架，雖然阿寶和維權還是有一點小小的不愉快，但是我們還是很用心過每一關，找東西也很盡心。你知道嗎？你藏在畫板後面的照片，我們一下就找到了！

還有找字卡那一關，關主說我們這一組好快呢！

多元評量真的很好玩，不用考試卷就能考試。尤其闖關，又用到電腦和頭腦，好棒！下次還要再玩，好嗎？

好嗎？

一位家長皺眉頭的臉在我面前浮現。

他希望我把成績打高一點，因為想要申請獎學金。

好嗎？我也問我自己，沒關係吧！小學教育以鼓勵小朋友、促進學生自主學習為主，所以我常常打高分，來鼓勵用功的小朋友……

彈性調整分數！

快要七點了，動作要快點！

我想回家。

（以下是祕密訪談紀錄）

C：我想回家！

但老師你說，功課沒補完，不准回家。

每天有功課要寫，又有補習班要去，我有點吃不消。

但是那是我的事情，同學們都這麼說，老師你也說，當你決定要做這麼多事情，就要自己調配時間，不能以補習的藉口到學校寫功課。

老師你說，我們要學會調配自己的時間，回家不要看《飛龍在天》、《台灣阿誠》，尤其是《流氓教授》，不適合我們看。

我們要利用時間好好看書，充實自己。

好像，有太多想做又不能做的事情，不想做又不得不做的事情，每天都是。

的確，有太多想做又不能做的事情，不想做又不得不做的事情，每天都是。

在格式的製作過程中，我發現這一年來我一直沒有適應這樣的生活。

與小朋友相處很有趣，但我心理還是有一點奇怪的排斥。
好像應該做什麼，卻沒有做到。
當生活裡只剩下甲乙丙丁……
（以下是課後輔導）
D：老師，媽媽說如果我的成績單都是優，就帶我出去玩！
E：老師，你說要換掃地工作，怎麼都沒有換？
F：老師，文秀唱得好大聲，不舒服。
G：老師，班長都亂記名字！
H：老師，我可以跟你說一些祕密嗎？
I：老師，媽媽說我好厲害，都知道家鄉的事！
J：老師，我的腳好痠，我下次不敢再說髒話了！
說髒話、罵人、打人一律嚴格懲罰。
寫評語時，我突然想起這項規定。
也的確達到功效，小朋友們比較不會亂說話了。行為也比較好。
進步很多！

這是我最常寫的一句評語。

這也是一年來，我所得到的，唯一一份，摸不著的，成績單。

（明天就要發成績單了，十八個小朋友心裡這樣想著。）

其實他們都很天真可愛，一位代課抵實習的老師，心裡頭這麼想著。

旅程

總會想起，在東京擠電車的那段日子。

每早一到八點，嘴裡還塞著昨晚超級市場特價一包一百日圓的小麵包，便要急急忙忙衝出三個榻榻米大，只附一個小茶几的房間，穿過一條條東京社區內特有彎曲的巷子（單行道的寬度，兩台小貨車擦肩而過），我湧入人群，一路往電車轟隆聲快步走去。

我不曾坐過位置，早上的山手線就像週休二日的台鐵火車，即使是在巢鴨這個遠離鬧區的小站，唯一的月台還是站滿了人。山手線以繞圈的方式在東京都內行駛，經常讓人搞不懂起站和終站在哪。不論何時何地，每當電車駛入，總會運進一車子洶湧的人潮。一度我懷疑，這些人彷彿黏在車裡不會散去，像是地縛靈般守著自己的領域，每天早上，我就和這些地縛靈相互搶著位置，在城市裡一站一站來來去去。

東京的電車考驗著人對空間的概念，原來一個人需要的空間是可以如此的濃縮精簡。被擠到雙臂交疊、單腳站立是稀鬆平常之事，與鄰人「前胸貼後背」更是見怪不怪。左邊上班族手肘頂著我的脖子，耳裡廣播聲主持人答答不休的說話清晰可聞，右邊109辣妹濃烈的香水味叫人想打噴嚏，又得小心別被那「恨天高」的鞋子一煞車踩個正著。想伸手抓住扣環也沒辦法，只能隨著車子規律搖晃，還好一個人挨著一個人，中空的車廂已被擠成如鐵的實體，每個人都是互相牽引的分子，維持某種平衡。只要有人上車，整台車才會騷動起來，每個人仰頭調整起自己的位置，像撒入飼料的鯉魚池，鯉魚們萬頭鑽動像搶食食物，或在爭一口空氣。

我無法言喻自己多麼喜歡被人群吞沒。來到東京，八百萬的人口像是一張大嘴，把人含住，沒有縫隙，純然消失。大嘴蠕動，再隨著人潮，開始無意識的動作，雙腳一步接著一步，無法預知的向前或退後。

這使我想起幼時那個永遠被踢出的罐子（一度，我以為自己就是那個罐子），不知道它的方

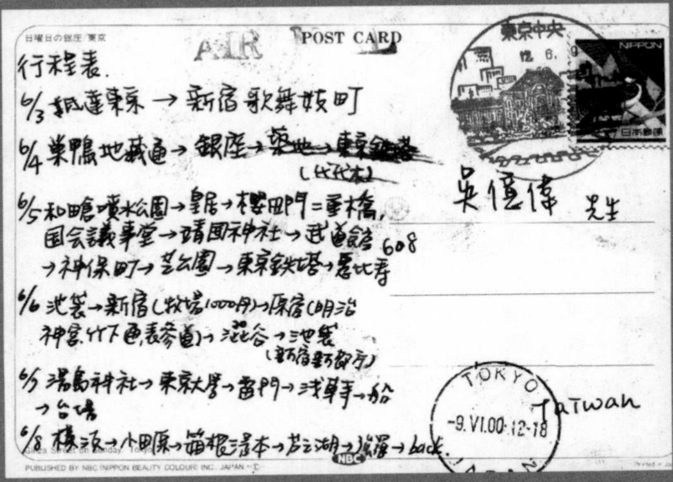

從東京寫給自己的明信片，記錄每天的行程。

向在哪。當同伴大腳一伸，匡啷，大夥迅速一哄而散，藏匿屋子內外。剩下當鬼的人蹲著，摀住臉頰，等到人群散去，才孤單地跑去撿回踢出的罐子，在偌大的廣場裡，拿著罐子擊地，叩叩叩，數到二十，面對安靜的藏匿點，叩叩叩，數到二十。

我通常都是那個當鬼的人，一開始只因為運氣不好，猜拳總是輸，只好乖乖認命，與罐子便成了遊戲中相依為命的彼此，我守著它，它等著我，只要有人又將罐子踢出，我又要追著它拾回。

不過，我發現自己竟喜歡這樣的追拾。後來總是自願當鬼，但我並不是喜歡當鬼那種權威與單一，更不是因為喜歡搜尋，在屋子裡外東闖西奔，提心吊膽的感覺。只因我跟罐子彷彿在一種默契，跟隨的默契。

我喜歡也躲起來，在一旁偷偷看著，讓同伴們大膽衝出，興奮的踢罐子，此時，我便會奮力跑出，一路追趕（然而，我真的出了全力跑了嗎？）在滾動的罐子後面，隨著它不知到哪裡。真正的樂趣就在這裡，混亂中的踢出的罐子沒有一定的去向，我就這樣傻傻的追，把身後大大小小的眼睛拋在遠遠的地方。我知道大家都在藏身的地方，用著微闔的眼光瞇著，但我就只想這樣跟著，一路跟著，到底一個罐子能踢到多遠，方向與目的地在哪，我不在乎。

或許一腳踢進了倉庫，我可以在裡頭待上一會，或許一腳踢到隔壁老伯家，在門口遲遲不敢進去。很多時候我希望它就這樣一直滾，一直滾，在後頭，滾出一個街，滾出一個巷，滾出一個村，滾出一個世界和許許多多的問號。

當我走在東京的街上，或在擁擠的電車裡尋找一點空氣時，總覺得身體被一種不斷延伸的力量扯著拉著（在人群裡不斷的滾）。是什麼力量呢？我不曉得，出走和消失的衝動在人群中愈顯彌彰，被淹沒的幼時記憶成為一股催化劑，矮小的我在人群中，便隱形得不見痕跡（雖然這沒有什麼不好）。

（罐子）小男孩應仍懷念那種（被）跟隨的感覺吧，可不知多久以前，那大眼睛、常掛上微笑的小男孩（滾動的罐子呢？）早就找不到了。我在擁擠的電車裡張大眼睛努力尋找，依舊是一張張陌生的面孔，單一的表情。或許滾得太久，繞過太多岔路，小男孩累了，倦了，遂停了。如今，小男孩和罐子應該了解，航向未知的旅程過久，首要學會的事情，就是，長大。

美少女戰士的預言

我阿姨身邊總準備兩個紅包袋，可不是用來應付他人喜事的，而是生活費的來源，簡單來說，這是她第二個銀行，每個星期，總會去提款機領幾千元出來，放到其中一個紅包袋中，一個星期只能用固定的數目，一個星期後，將剩下的錢放到另一個紅包袋中，不論是電費水費瓦斯費，或另外特別的支出，就用這個餘額紅包袋中錢去支付，不再額外領錢。

我也曾學過我阿姨，不過，往往不到幾天，生活費的紅包袋就空了，又得領錢放進去，反覆幾次，已經搞不清自己到底在花第幾個星期的生活費，另一個紅包袋依我阿姨的定義看來，一直處於「負債」，這樣的生活方式把自己搞得緊張兮兮，過不久又舊態復萌，紅包袋轉變回之前的整台提款機，不敢跟阿姨報告失敗的理財下場，說了她一定又是老話一句：「先要學怎麼花錢，再來學怎麼存錢！」

同我三十歲左右的一輩，就是因為太早學會了花錢，存錢才變得遙不可及。朋友J一向認為自己花錢節制，只買認為需要的物品：健身房、保養品、上千的名牌襯衫、新型mp3隨身聽、看電影，但旁人看來，這些東西似乎只能被稱作想要而非必要，每回經濟拮据，他苦喊著需要額外的收入，勸他可以省下哪些錢時，他總是非常堅決，認為那些東西都是生活必需品，無法說服自己不買。只要需要，就值得買。

小時候，長輩常說起以前家裡多窮，生活多苦，所謂必需品，絕對與生命攸關。年輕人所成長的八〇、九〇年代，如同一款欲望養成遊戲，不單單J，身邊許多朋友對於想要的東西總無法克制，即使知道自己沒有錢了，買下去就是浪費，但還是刷了卡，買的剎那又後悔莫及。消費重新定義舊有概念，為了滿足資本社會所擴充開化的消費領土，購買欲等同於需要，甚至成了必須，消費文化的感染與深植，因著價值翻轉，與生命攸關的物資可能抵不過代表身分地位的高檔物品，換句話說，與生命攸關的不再只是身體上的飽足，還有精神上的滿足。

我阿姨若聽到J的說法，想必又會叨唸一陣，對於年輕人沒存款、只消費的行為，她也有一套見解，比如她一直認為提款卡是年輕人沒錢的原因，沒錢就去領，養成了花錢像流水的習慣。有回買了上千元的襯衫，穿在身上被我阿姨察覺了，她馬上說我浪費，這樣的衣服在夜市就有，又便宜，不久後她便到夜市挑了好幾件，拿給我時還說，這些加起來也沒有你一件貴。當我穿上我阿姨所買的襯衫，朋友J竟說，這樣的衣服太沒有質感了吧，我寧可花上千買一件好的，也不要花幾購買一堆「俗」的。

追求質感，同樣也反應對工作的要求上。早在學生時代，我那沒有「尊嚴」的打工原則早就備受批評，只要有錢，一小時六十元的豆漿店我也可以接受。同學聽到總是瞪大眼睛，什麼，那麼少錢，又辛苦，是我才不做呢，一小時兩百元的家教，廉價勞工吧，至少要四百才願意考慮，寧缺勿濫。朋友C對工作一向「不客氣」，要求一定的工作品質與待遇，只要讓她覺得被長官欺負了，或是不滿意薪水，馬上走人，她說與其賺小錢庸庸碌碌，還不如等待機會。

C過著三天工作兩天等待機會的生活，儘管沒有什麼錢，但總驕傲著人生還有夢想，許多想法等著實行，她喜歡看電視上專門訪問六、七年級創業成功的談話節目，有人開店一年賺了上百萬，有人投資獲利上千萬，坊間介紹致富的書籍她也不錯過。培養犀利眼光，把握時機，便能翻身致富，這是鼓勵夢想的時代，她說著那些夢想，卻打著不穩定的零工過活。C的行為，就是我阿姨定義的「光談夢想，不切實際」，但有趣的是，家族中因為長輩們的「實際」，形成一個現象：從我以降，表弟妹全都就讀師範院校，長輩鼓吹，認為當老師之後生活就不必苦惱了。意外的是，大學畢業後，我和表弟竟然決定不從事教職，我甚至賠了四年公費，負債去念書。這大大牴觸了長輩的認知，儘管已過了四年，我阿姨還是會念我幾句，一直重複當老師多好多少、生活安穩有保障，有一次聽煩了，回嘴應了人生只有一條路嗎？好像沒有當老師人生就報廢似的。我阿姨安靜下來，喃喃說你們年輕人就是不懂，而我眼前卻突然出現C說話的模樣。

膨脹的消費與夢想，抵不過現實與收入的萎縮。即使與教書的同學聚會，他們也是苦哈哈說著沒有錢，更別說尚在職場浮沉的朋友。小時候總說長大之後會怎樣怎樣，猛然驚覺到現在已是小時候說的那個長大的時候了，怎樣怎樣卻沒有出現。經濟階級動搖最大的七、八〇年代已經過去了，媒體對拜金價值主流化推波助瀾，富者愈富，平凡如我，一切只能如C等待機會一般，算好中獎機率買樂透可能更有機會致富。現實社會總有很多讓人貧窮的可能，久而久之，朋友們在言談中，產生一種共識，覺得努力一輩子也沒有辦法「有錢」，那總不能犧牲自己生活的樂趣吧，對生活的細節要求變多，懷抱發財夢但過著不會發財的生活，這或許就成為別人口中「重享受、不切實際」，但會不會這才是最因應現實、調整自我與社會兩造之間最好的生活模式呢？

面對已然定型的生活模式，總會讓我想到動畫《美少女戰士》。一九九二年，當它出現在日本朝日電視台時，我十四歲，跟主角sailor moon一樣大，成天掛著大眼鏡與因式分解、中國各省名產奮鬥，sailor moon卻已經開始拯救地球、打擊壞人。sailor moon引起了一陣旋風，尤其每每到最後背對著月亮拿起魔棒，擺著獨特的姿勢（大拇指、食指和小指要同時翹起來），一只黑影對著鏡頭說：「讓我代替月亮來懲罰你！」更成為一時的流行話語。

從電視螢幕中深切感受兩種不同命運，對看日本卡通長大的年輕人而言，可是日復一日的工作，雖然無法駕駛無敵金剛，更不可能成為聖戰士，魔法從來不會為你由天而降，儘管如此，還是相信世界某處有一個人是如此幸運，而且偷偷想著那個會是自己。不論男女，興之所至，總會說上幾句，彷彿真的擁有法力可以去懲罰、改變什麼。可惜，現實生活沒有那麼卡通，二〇〇五年的我，年紀是當時的兩倍，在這又可以產生另一個sailor moon的十四年裡，我沒懲罰誰，長大並不會帶給你更強的力量，但遭遇的惡魔卻日益壯大，引入戰鬥動畫的公式，若是法力不夠，所使出的招式，便會狠狠的落在自己身上。

於是，多年後看來，沒當成什麼「月光使者」，卻成為不折不扣的「月光族」哪！

害怕站高的我

我阿姨青春洋溢的笑容

母親的姊妹合影（香車美人照）。

後跋

好多年

從第一篇完成的〈旅程〉算起，這本書從起筆到出版，過了十個年頭，一意識到這點，深深體會到時間一眨眼，如此陳腔濫調卻又不得不承認。

從剛開始的都不怕，甚麼都敢寫，一天趕上千把字也不覺累的「年少輕狂」，到現在連一小段文字都得花上幾小時來斟酌思考，似乎愈是感到自己在「寫作」，卻愈是感到自己的失語；這世界上有千百種描述的方式，有千百種組合文字的方式，還有千百種的聲音的聯結，當我們開始去理解這些意義的可能時，才發現一切都那麼複雜且艱難。

每每站在海德堡的街頭等著電車，身邊迴盪陌生的語言，再怎麼努力聽，也只能抓到隻字，連片語都談不上。這是一個結界，清楚分隔，裡外兩個所在。現實如此，但你仍可過得自在（或說自我），不重疊的區塊並不干擾各自的生活節奏，有時甚至還能享受那種漠視理解的樂趣，疑惑與不在乎，變得理所當然。

這雖是我第一次在異地長待，但卻感覺似曾相識？

我想起我爸。我們現在相差了七小時又好幾萬里。我賴床醒來時他的一天已告尾聲，我可以想像他在廚房裡忙做菜的模樣，川燙青菜花椰白肉，他喜歡肥滋滋的脂肪部分，還好怎麼吃都不會胖。吃完飯窩在客廳椅子上，看著電視不知不覺就睡著了，除了三立八大的唱歌節目會讓他提起精神外。有時候他會跑到我的房間，東翻西翻，看看我寫的文章——看看寫他的文章，哪裡不對，他準備等我返家，跟我說哪裡要改，在出版前哪裡還得修，別錯謬了他的人生。

我想起這本書。這些稿子有許多部分，都是發生在我的記憶之外，為了縫補，黏貼，我開始與我爸交談，而他開始反覆他的故事；細心的他甚至做了一張大事年表，上面記著民國幾年，幾歲，他在哪裡落腳，在哪裡工作。雖說做為參考，但擔心我落東落西的性格，總在我看完之後拿走，自己仔細保管。面對我的問題，他總是一一解釋所有細節，任何術語、種種步驟鉅細靡遺，努力描摹他走過的世界，栩栩上映在我面前。我似乎能看到，他的話語，那些房子，那些衛生用品，那些他認識的人，陪他好多年的點點滴滴，已經等不及走出陳舊的歷史倉庫。

我也想起我媽。儘管她已無法親口述說她的往日，她的過去分散在存留的照片中，我爸的印象中，我姨的回憶中，還有我跟他相處二十多年的時光裡。我姨與我媽是南部傳統女孩，年紀輕輕就得出門工作，她們的生活相當簡單，簡單到有時連細節都聽來瑣碎。我姨常回答我，這有甚麼好說的；啊，每天生活都這樣，沒記那麼多；好像都這樣沒甚麼差別……愈是絞盡腦汁，愈是發現生活的腸枯思竭。但，那生活面向在一次次無謂的交談中漸漸從過去膨脹而來，沒有時態的語言打亂時間次序，虛虛實實，好多年的歲月濃縮一瞬，一下恍如隔日，一下揚長而去。

好多年來，我與這些回憶、這些交談相處，很多時候，我知道自己無法建立起一套認知網絡，將所有的陌生的生活點滴雕塑成形。我望著說話的嘴，我的親人們，我們應該熟悉，卻在熟悉的過程中發現我們竟如此陌生。生活是彼此的牆。過去，難以理解共享的細節，是自己拒絕了解的最好理由，隔閡讓人自在，只需關心自己；如今，經驗上的鴻溝、試探的錯謬，使我站在模稜兩可的灰色地帶上。但，有誰的過去是模糊的呢？像所有抓不到方向的語言一般，有哪個聲音是不精確、是隱形的呢？

似乎沒有誰可以真正述說過往，言語之間有太多隱藏的聲音，即使有天聽懂了，仍有許多不能歸類於發音的問題存在。對於這個，我時而感到徬徨，時而覺得無所謂，至少，必須嘗試努力尋找一種方式，讓自己從過去存活，往未來行走。我爸我媽我姨在這樣的生活脈絡中，雖然鮮少思考，卻用一種自己的方式，往前，已經超乎了我的文字範圍，仍舊繼續延展。

有人說這種生活是微小的，沒有影響力的。但誰真正擁有一個所謂巨大的生活？目前的我，也正過著一種微小的生活，日子時常破裂而瑣碎，往往，在街頭，在啞口無言，在失語時想到那些理解我的家人，我爸，我姊，我媽，我姨。這不是一種自我安慰。生活形塑語言，聲音編織故事，此刻的我，不論在哪個方面，還在學習種種說話的方式。

二〇〇八年十一月初稿
二〇一〇年九月修改

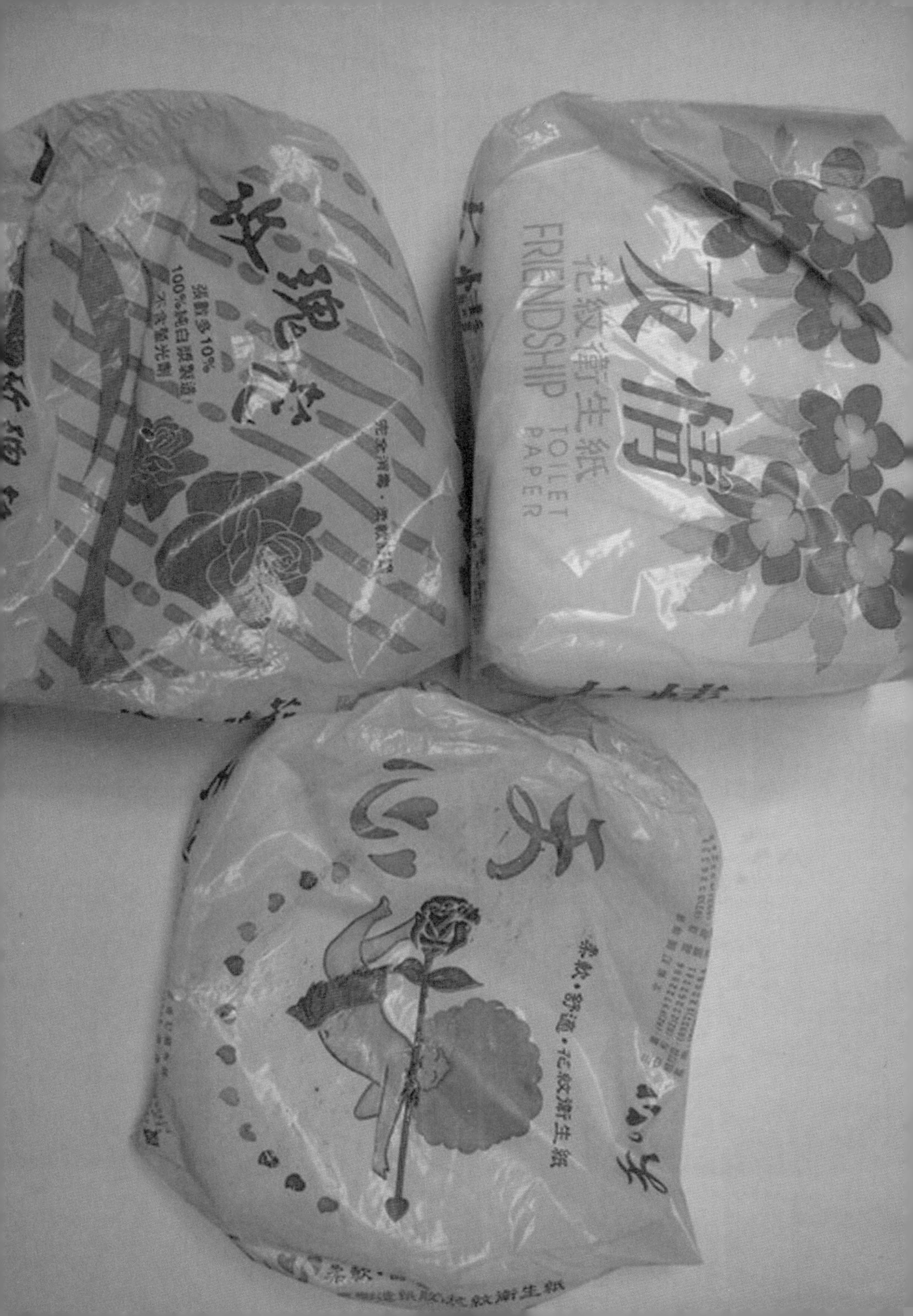
玫瑰花
友情
花紋衛生紙
FRIENDSHIP TOILET PAPER
柔軟・舒適・花紋衛生紙

INK PUBLISHING
文學叢書 276

努力工作——我的家族勞動紀事

作　　者　吳億偉
總 編 輯　初安民
責任編輯　施淑清
美術編輯　黃子欽
校　　對　施淑清　吳億偉

發 行 人　張書銘
出　　版　INK印刻文學生活雜誌出版有限公司
新北市中和區中正路800號13樓之3
電話：02-22281626
傳真：02-22281598
e-mail : ink.book@msa.hinet.net
網　　址　舒讀網http : //www.sudu.cc

法律顧問　漢廷法律事務所
劉大正律師
總 經 銷　成陽出版股份有限公司
電話：03-2717085（代表號）
傳真：03-3556521
郵政劃撥　19000691 成陽出版股份有限公司
印　　刷　海王印刷事業股份有限公司

出版日期　2010年11月　初版
2011年 1 月 5 日　初版二刷
ISBN　978-986-6377-80-8

定價　330元

本作品獲文建會培土計畫補助

國家圖書館出版品預行編目資料

努力工作——我的家族勞動紀事
／吳億偉著.
--初版, --新北市中和區：INK印刻文學,
2010.11　面；　公分（文學叢書；276）
ISBN　978-986-6377-80-8（平裝）

855　99008613

努力工作

努力工作

努力工作

努力工作